RICHTER & BROOK

Siciliana

Wiegenlied zu falschem Spiel

Ein Kirchenkrimi

neukirchener verlag

Für Hannelore und Jörg,
in deren schönem Ferienhaus in Nord-Holland
vieles von diesem Buch entstanden ist

Des Menschen Herz erdenkt sich seinen Weg;
aber der HERR allein lenkt seinen Schritt.
PROVERBIA 16,9

PRELUDIO ANCORA INNOCENTE

Mühelos, mit geschmeidigen Bewegungen, joggte René Maarten de Vries über die Promenade von Geertshaven und genoss sichtlich die kalte Seeluft. Er war Ende vierzig und absolut in Form, seine Geschäfte liefen glänzend. Jeden Morgen konnte man ihn hier sehen, selbst im tiefsten Winter – also auch heute, am ersten Advent.

Vor dem Schaufenster seiner Lieblingsbäckerei fuhr er sich mit einer lässigen Handbewegung durch das volle, an den Schläfen seriös ergraute Haar, ging genüsslich mit der Zunge über seine geweißten Zähne, justierte sein umwerfendes Lächeln, auf das sich die nette holländische Verkäuferin aus dem Nachbarort jenseits der Grenze jeden Morgen freute, und betrat den Laden.

Die Kundin vor ihm nahm sich zu den Sonntagsbrötchen noch den *Utkiek*, das Boulevardblatt des kleinen Staates Valckenburg, der in Geertshaven an die Nordsee grenzte. »Wohin steuert Valckenburg?« Die Schlagzeile umrahmte das in Sorgenfalten gelegte Gesicht des Premierministers. Ja, die Lage war ernst, wusste auch de Vries. Das Image der beliebten Steueroase war nach den jüngsten Enthüllungen in Gefahr. Würden die Kapitalanleger und die zahlungskräftigen Touristen bald fortbleiben? Hinter Geertshavens eleganten Fassaden, ebenso wie unter den ehrwürdigen Treppengiebeln der Hauptstadt Valckenburg, herrschte Verunsicherung. Das Land brauchte nichts dringender als eine die Gemüter erhebende Geschichte. Eine Geschichte aus der goldenen Vergangenheit. Eine Geschichte wie die um den verschollenen Brautschmuck der Gräfin.

Die Kundin, die mit ihren Brötchen und der Zeitung das Geschäft verließ, nickte ihm respektvoll zu. Nichts ist erfolgreicher als der Erfolg. René Maarten de Vries hatte Erfolg, und wie! Das Lächeln noch einmal nachjustiert, die strahlenden Zähne zur Schau gestellt – er war an der Reihe. »Goedemorgen, mevrouw!«, grüßte er die nette Verkäuferin in perfekter Aussprache, und wie jeden Morgen erwiderte sie mit schelmischem Augenzwinkern: »Goedemorgen, meneer de Vries!«

Während sie ihm die üblichen Brötchen einpackte, meinte er mit seiner wohlklingend sonoren Stimme und kurzem Kopfnicken zur Schlagzeile des *Utkiek*: »Das haben wir doch mit in der Hand, nicht wahr?« Die Verkäuferin lächelte zustimmend. Sie tauschten noch ein paar beruhigend belanglose Bemerkungen. Der Nebel wollte ja gar nicht mehr aufhören, ob das jetzt bis Weihnachten so weitergehen würde?

Bestens gelaunt nahm de Vries die Brötchentüte entgegen. Beim Verlassen des Geschäfts fiel sein Blick auf das ihm nur zu vertraute Plakat: »Wiederentdeckte Meister. Festliche Orgelmusik zum ersten Advent«.

Das Spiel hatte begonnen.

Er nahm seinen Lauf über die Geertshavener Strandpromenade wieder auf. Im Sommer wimmelte es hier von Touristen. So war es jedenfalls bislang – und so würde es auch in Zukunft bleiben. Der Jachthafen war voll von schönen Booten. (De Vries hatte dort übrigens auch ein recht hübsches Exemplar liegen, dessen vornehm zurückhaltender Eleganz man nicht auf den ersten Blick ansah, wie viel es wirklich gekostet hatte.) Geertshaven gab sich alle Mühe, zu verbergen, dass es vor siebzig Jahren noch ein ödes Fischerkaff gewesen war. Inzwischen hatte es der alten Hauptstadt längst den Rang abgelaufen, und mehr Städte hatte das kleine Land nicht.

Ein weniger seriös aussehender Herr mit rasierter Glatze und einigen Tattoos zog es vor, seinen Anblick vom Nebel verschlucken zu lassen. Der locker vorbeitrabende de Vries bemerkte ihn nicht, überdies warf er gerade einen Blick zu einem bestimmten mehrstöckigen Haus hinüber: Er kannte die Bewohnerin des Penthouses gut und führte sie gerne aus. An diesem Sonntag nicht. Aber warum nicht morgen? Ein gepflegtes Abendessen im Casino, wo man sah und gesehen wurde.

Etwa zur gleichen Zeit endete in Valckenburg, der schönen Hauptstadt des gleichnamigen Ländchens, der Gottesdienst in der Großen Kirche, wie St. Maria Magdalenen auch kurz genannt wurde. Backsteingotik und protestantischer Kaufmannsstolz inmitten vornehmer Patrizierhäuser.

Die Schar derer, die Pastorin Dörte Böhnisch am Ausgang ins neue Kirchenjahr verabschiedete, war rasch überblickt. Selbst Herr Uphoff und Frau Quadden hatten den ersten Advent offensichtlich zum Ausschlafen genutzt, wie die Pastorin registrierte. Rasch zählte sie die bescheidene Kollekte und schloss die Geldkassette ein, während der betagte Küster die Gesangbücher einzeln an ihren Platz zurücktrug. Ein dumpfes Klatschen ließ ahnen, dass ihm dennoch eines aus den gichtgekrümmten Händen gefallen war. Die Pastorin hob den Kopf und hörte das leise, unterdrückte Ächzen, mit dem Kumpf sich danach bückte. Sie wusste, dass es keinen Sinn hatte, ihm helfen zu wollen. Wie oft hatte sie ihm eine Hilfe zur Seite stellen wollen, doch Kumpf hatte dieses Ansinnen immer entschieden zurückgewiesen. Zäh und verbissen hielt er an seiner Pflicht und Lebensaufgabe fest. Nun wurden seine Bemühungen von der Empore aus übertönt, wo der Organist Jakob van Heeren nach der passenden Registrierung für eine barocke Toccata suchte, die er am Abend im Konzert spielen wollte.

Die Pastorin würde bei dem Konzert nicht dabei sein. Sie war einem anderen Spiel verpflichtet. Die monatliche Doppelkopfrunde bei Béatrice Gelderlo, der Grande Dame der Stadt, war ein Termin, der unbedingte Beachtung verlangte. Im Übrigen ein unschuldiges Vergnügen, wie sich Dörte Böhnisch nicht gerade viele gönnte. Seit zehn Jahren war sie nun Pfarrerin an St. Maria Magdalenen, hatte jedoch das Jubiläum stillschweigend verstreichen lassen. Außer ihr schien das niemand bemerkt zu haben. Sie hatte einfach keinen Grund zum Feiern gesehen. Schon ihren Namen fand sie keiner Erwähnung wert. Wenn ihre Eltern sie wenigstens Dorothea genannt hätten! Doch Dörte, noch dazu in Verbindung mit Böhnisch, klang nach Zöpfen, Kittelschürze und weißen Söckchen in Sandalen. In ihrer Studienzeit hatte sie andere Seiten an sich entdecken können. Inzwischen hatte sie zunehmend das Gefühl, die Person zu werden, die man sich unter einer Dörte Böhnisch vorstellen durfte, wenn auch ohne Kittelschürze und weiße Söckchen.

Das schwarze Jackett, das sie sich statt des Talars anzog, spannte allmählich um den Bauch. Weniger Süßes, das wäre ein Anfang. Doch ausgerechnet in der Adventszeit? Sie brauchte die Nervennahrung. Oder sollte sie mit René joggen gehen? Er hatte sie oft genug dazu eingeladen. Aber neben dem Strahlemann wäre sie sich noch mehr vorgekommen wie eine hässliche Ente. Außerdem umgab er sich in letzter Zeit ja viel lieber mit der attraktiven jungen Kommissarin.

Dörte Böhnisch trat in den Nebel, der wenig dazu geeignet war, ihre Laune zu verbessern. »O Heiland, reiß die Himmel auf, herab, herab vom Himmel lauf!« Das hatten sie eben gesungen. Genauer gesagt, war wegen der dünn besetzten Gemeinde wenig mehr als die Orgel zu hören gewesen. Zuvor hatte sich die Pastorin in ihrer Predigt damit auseinandergesetzt, dass Gott nicht alle unsere Wünsche, aber alle seine Verheißungen erfülle.

Von unerfüllten Wünschen wusste Béatrice Christine Gelderlo, geborene von Valckenburg, mit ihren zweiundsiebzig Jahren einiges zu erzählen. In Gedanken versunken, ging sie den kurzen Weg von der Kirche zu ihrem Haus zurück, bereitete sich einen Tee zu und begab sich in ihren Empfangssalon. In dem düsteren uralten Patrizierhaus, das deutlich bessere Tage gesehen hatte, war dieser Raum seit dem Tod ihres Mannes ihr Refugium.

Mit überraschender Leichtigkeit und formvollendeter Eleganz ließ sie sich auf dem englischen Sessel nieder und versank wie oft an endlosen Wintertagen in Betrachtung des großen Gemäldes über dem Kamin. Es war ein echter van Molendam aus seiner Glanzzeit, den frühen 1830er-Jahren, und zeigte das großherzogliche Schloss derer von Valckenburg. Béatrice Gelderlo entstammte der langen Reihe der Grafen, die sich in einem historischen Moment des Übermuts eines Tages Großherzöge genannt hatten. In der jahrhundertelangen Herrschaft der Familie war eines der schönsten Stadtbilder des ganzen Nordseeraums entstanden, das vor allem nahezu unzerstört war und mit St. Maria Magdalenen eine Kirche besaß, die sich mit denen in Haarlem oder Lübeck messen konnte.

Dieses Stadtbild erfreute sie immer noch und entschädigte sie ein wenig für die großzügige Geselligkeit, die sie seinerzeit in England aufgegeben hatte. Ihr Vater, der letzte Großherzog, war 1936 von der Nationalsozialistischen Valckenburger Arbeiterpartei gestürzt und ins Exil gezwungen worden. Die englische Familie seiner Frau hatte die Flüchtlinge aufgenommen, sodass Béatrice von Valckenburg als dritte und jüngste Tochter neun Jahre später doch in einem Schloss geboren wurde. Auf das Schloss in Valckenburg erhob der Großherzog, der sich im Exil gut eingerichtet hatte, auch nach dem Krieg keinen Anspruch mehr. Als Museum ging es in den Besitz der jungen Republik über. Béatrice von

Valckenburg lernte mit fünfundzwanzig Jahren in London einen Valckenburger Diplomaten kennen. Sie heirateten und ließen sich in dem selbstbewussten Ländchen nieder, das sie vorher nie betreten hatte. Die Kunsthistorikerin und gelernte Restauratorin stand dem Kuratorium des Museums vor und hatte mit Charme und Verhandlungsgeschick manche alten Möbel und Kunstwerke wiederbeschaffen können. Selbst war ihr nichts als das besagte Gemälde und der alte Spieltisch geblieben, um den sich heute Abend wieder die gewohnte Doppelkopfrunde versammeln würde. Mit einer zärtlichen Geste strich sie über die kostbaren Intarsien. Die Karten waren schon vorzüglich gemischt.

Das Schlossmuseum wurde seit einigen Jahren von Peter Brand geleitet, einem noch jungen, sehr engagierten Kunsthistoriker. Während Béatrice Gelderlo das Schloss auf dem alten Gemälde vor Augen hatte, lehnte Brand am linken Seiteneingang des realen Gebäudes und betrachtete mit innerer Überlegenheit die Zigarettenreklame an der gegenüberliegenden Bushaltestelle. Selbst der Geruch von kaltem Rauch aus dem großen Zementaschenbecher konnte ihm nichts anhaben. Betont gelangweilt schob er seinen Mintkaugummi im Gaumen hin und her.

Seit einem Monat bezeichnete der ehedem passionierte Raucher sich als »clean«. Obwohl die derzeitigen Bau- und Renovierungsarbeiten im und am Schloss viel Aufregung mit sich brachten, hatte er vor vier Wochen heroisch die noch halb volle letzte Packung John Player zerknüllt und in den Müll geworfen. Als de Vries abends beim Doppelkopfspiel davon erfuhr, schlug er gleich eine Wette vor: »Sechs Flaschen Chateauneuf – spätestens Ostern bist du wieder rückfällig!« Er fing sich eine missbilligende Rüge von Béatrice Gelderlo ein, die fand, ein so weitreichender Entschluss verdiene es, ernster genommen zu werden. Genau das tue er doch, sprang die Pastorin de Vries bei: Brand sei ein Spieler, wie er im Buche stehe. Nur die Aussicht auf eine zu gewinnende Wette könne sein Durchhaltevermögen befeuern.

Mit einem letzten Blick auf die Reklamewand beschloss Brand, dass der erste Monat immer der schwerste sei, und der war nun vorbei. Sehr mit sich im Reinen, kehrte er wieder in sein Büro zurück. Eine halbe Stunde später betrat ein Mann mit einer Narbe über der linken Gesichtshälfte das Schloss durch den Haupteingang. Mit hoher, heiserer Stimme, die in merkwürdigem Gegensatz zu seinem muskulösen Körper stand, verlangte er eine Eintrittskarte und fragte, wie derzeit viele Besucher, direkt nach der neuen Hauptattraktion des Museums, dem Ring der Gräfin.

Der Diamantring aus dem sagenumwobenen Brautschmuck der Gräfin Anne Sophie war in der Napoleonzeit verschwunden, pflegte jedoch, ähnlich dem Halley'schen Kometen, etwa alle 70 Jahre kurz wieder aufzutauchen, jeweils an einem anderen Ende der Welt. Vor wenigen Wochen nun war dies auf einer Auktion in Brüssel geschehen, und dank einer großzügigen Spende von de Vries hatte das Museum ihn ersteigern können. Ausführlich hatte *Meer und Heimat*, die beliebteste Illustrierte des kleinen Landes, über die Geschichte des Schmuckstücks berichtet; ein zusammengerolltes Exemplar der Zeitschrift schaute aus der Jackentasche des kahlköpfigen Besuchers mit der auffälligen Narbe. In allen Einzelheiten wurde darin die Märchenhochzeit der englischen Prinzessin Anne Sophie mit Graf Geert von Valckenburg geschildert – im Jahr 1795 das große Ereignis für das von der Französischen Revolution erschütterte Europa. Ein Bild, das längst wieder im Schloss hing, zeigte die junge Gräfin mit dem Ring, einem Armband, einem Collier, Ohrringen und einem Diadem. Wenige Jahre später war das kleine Land durch die Wirren der napoleonischen Kriege von der Landkarte gewischt worden. Der übrige Brautschmuck war angeblich versteckt worden und nie wieder aufgetaucht. Eine abenteuerliche Geschichte um eine auf ein Notenblatt gezeichnete Schatzkarte rankte sich um die verschollenen Kostbarkeiten und beflügelte die Fantasie der beachtlich angestiegenen Besucherscharen.

Meer und Heimat und der *Utkiek* hatten die ganze alte Legende wieder aufgewärmt und den Ring von mehreren Seiten abgebildet. Ein sogenannter Bague-de-firmament-Ring mit einem rosengeschliffenen Diamanten auf nachtblauem Emaillegrund, umgeben von einem Kranz weiterer Diamanten. Ein Foto in einem der Artikel zeigte Béatrice Christine Gelderlo, die als Nachfahrin der Gräfin den Ring in die Vitrine im Museum legte.

Es war Abend geworden. Mit sonorem Brummen glitt ein weißes Maserati-Cabrio durch das schon dunkle, im Nebel schemenhaft verhüllte Valckenburg. René Maarten de Vries parkte den Wagen elegant auf dem Großen Markt ein und nahm einen edlen Bordeaux und einen kleinen Strauß Christrosen vom Beifahrersitz. Das Licht der Straßenlaterne fiel auf den »Teufelsdreizack«, wie Dörte Böhnisch das Markenzeichen im Kühlergrill des Maserati liebevoll spöttisch getauft hatte. Man sehe eben, dass er durchaus vertrauten Umgang mit dem Fürst der Finsternis pflege, fügte sie gerne hinzu, wenn sie ihn aufziehen wollte. »Zum Ausgleich spiele ich mit der Pastorin Karten!«, erwiderte er dann. Die Diplomatenwitwe Béatrice Gelderlo meinte dazu: »Der Himmel braucht eben zuweilen auch seine Botschafter, die gekonnt mit der Hölle verhandeln.«

De Vries kümmerte es eher wenig, ob man ihn im Himmel oder in der Hölle verortete. Er wusste von seinen beiden Spielpartnerinnen, dass sie sehr wohl hinter seine glänzende Fassade zu schauen vermochten. Er hatte nicht widersprochen, als die Pastorin einmal bemerkt hatte, er sei im Grunde ein großer Menschenfreund, dem jeglicher Zynismus abgehe. Er war nicht mit dem goldenen Löffel im Mund geboren und hatte sich nach dem frühen Tod seiner Eltern emporgearbeitet. Die Angestellten des erfolgreichen Bauunternehmers schätzten ihren Chef und wussten, dass er noch jederzeit selbst die Kelle in die Hand nehmen und eine gerade Mauer errichten konnte. Er liebte das kleine Land, das ihm ein wenig die Familie ersetzte, und hatte für künstlerische und soziale Anliegen jederzeit ein offenes Ohr.

Am Rande des Marktplatzes traf er mit der Pfarrerin zusammen, und sie gingen die kurze Strecke zum Haus Gelderlo gemeinsam. Eine große gusseiserne Laterne beleuchtete das prächtige Renaissance-Portal, zu dem drei Stufen hinaufführten. In ihrem Licht registrierte de Vries wieder einmal erstaunt, wie apart Dörte Böhnisch mit vergleichsweise geringen Mitteln wirken konnte: ein wenig

Lippenstift, das volle dunkle Haar locker hochgesteckt. Ihr selbst war diese Wirkung wahrscheinlich gar nicht bewusst. Im Gegenteil vergrub sie ihre vitalen Seiten unter ständiger Verantwortungs- und Dienstbereitschaft. Bei den offiziellen Anlässen und wenigen Gottesdiensten, bei denen er sie sonst erlebte, hatte ihr Gesicht einen besorgten, manchmal fast bekümmerten Ausdruck. Wie anders erschien sie hingegen während der gemeinsamen Spieleabende: gelöst, geistreich, voll charmanter Leichtigkeit, die einen Zug ins Aberwitzige und Verrückte bekommen konnte. Mehr als einmal hatte er Lust verspürt, sie einfach in den Arm zu nehmen.

Sie hörten Peter Brand näher kommen und warteten vor dem Eingang des alten Hauses auf ihn. Erfreut ließ de Vries seinen Blick etwas länger auf der Pastorin ruhen, was sie freundlich lächelnd erwiderte.

Die schöne alte Tür schloss sich hinter den drei Besuchern. An der Orgel von St. Maria Magdalenen bereitete Jakob van Heeren die Register für das erste Stück des Konzerts vor. In Geertshaven wurde eine schlecht beleuchtete Stelle an einem der kleineren Kanäle zur Zeugin einer handfesten Auseinandersetzung zwischen zwei Männern.

Eine halbe Stunde später fuhr der eine der beiden durch den Nebel nach Valckenburg.

Der andere trieb leblos im Kanal.

ANDANTE IN MODO FATALE

Die Töne fügten sich zu Bögen und Streben, mindestens so kunstvoll wie diejenigen der mächtigen, alten Kirche. Hatte Ariel Gelderlo den meisten Stücken mit geschlossenen Augen gelauscht, so folgte er mit Augen und Ohren jedem Ton dieser unverhofften Zugabe in die gotischen Gewölbe von Maria Magdalenen, in die das Licht der glänzenden, vielflammigen Kronleuchter nicht mehr ganz reichte. Er klammerte sich geradezu an die Töne – viel zu rasch verschwanden sie, den Nachhall wie einen Feenschleier hinter sich herziehend und ebenso plötzlich und geheimnisvoll in nichts aufgelöst, nur die weiß getünchten Backsteine zurücklassend. Mit genießerischem Lächeln, die Hände auf den Griff des Regenschirms gestützt, blieb Gelderlo ruhig zwischen all den Menschen sitzen, die laut applaudierend aufsprangen und dem Organisten Jakob van

Heeren einen Triumph bereiteten, wie die *Valckenburger Nachrichten* sicher schreiben würden. Ariel Gelderlo hatte Meinhard Vorbracht einige Reihen weiter gesehen: Der massige Kulturredakteur schien sich die dargebotenen alten Meister gierig einzuverleiben – die Zugabe war da nur ein Leckerbissen mehr.

Nun, ein Leckerbissen gewiss – und was für einer! Doch was genau hatten sie da eigentlich eben gehört? Am Ende eines Konzerts, das ohnehin aus wiederentdeckten Werken bestand, die jahrhundertelang zwischen den Seiten alter Folianten geschlummert hatten?

Ariel Gelderlo hatte sich immer noch nicht von seinem Platz gerührt, als die anderen Zuhörer an ihm vorbei zum Ausgang strebten, einzeln, paarweise oder in kleinen Gruppen, schweigend, murmelnd, Bekannte grüßend oder das Gehörte diskutierend. Dabei stach Vorbrachts laut dröhnendes Organ besonders aufdringlich hervor. Gelderlo hatte Vorbracht schon nicht leiden können, als es dem Schicksal eingefallen war, sie in dieselbe Schulklasse zu stecken. Außerdem war er der festen Meinung, Schweigen sei die einzig angemessene Antwort auf einen Musikvortrag, und ging daher am liebsten allein in Konzerte.

Ob und wie sehr ihm eine Darbietung gefallen hatte, konnte man daran erkennen, wie lange er nach dem Konzert noch auf seinem Platz sitzen blieb und den verklungenen Tönen nachlauschte. So saß er auch jetzt, in den langen, klassisch eleganten Mantel gehüllt, konzentriert zurückgelehnt. Die wieder geschlossenen Augen verbargen seine höchst gespannte Aufmerksamkeit. In der gleichen Haltung sahen ihn seine Untergebenen und Mitarbeiter oft auch noch nach Dienstschluss in seinem Büro sitzen. Nun hatte das Wort Dienstschluss für einen Kriminalbeamten sicher eine untergeordnete Bedeutung, und als Leiter der Valckenburger Kriminalpolizei hatte er das Vorrecht, in seinem Büro sitzen zu bleiben, nachdem er alle anderen nach Hause geschickt hatte. Es waren die Stunden, in denen er sich noch einmal in Erinnerung rief, was er gesehen und gehört hatte – vielmehr, was er übersehen und überhört hatte: das kleine Detail, das die unerschütterliche Aussage eines Verdächtigen endlich als Lügengespinst entlarvte und einen verfahrenen Fall plötzlich klar nachvollziehbar erscheinen ließ. Ob am Ende die Lüge oder die Gerechtigkeit siegte, entschied sich meist an einem solchen Detail: dem falschen Tonfall oder dem unpassenden Wort in einer Aussage. Ariel war jedoch davon überzeugt, dass sich jeder Straftäter im Grunde seines Herzens eigentlich danach sehnte, dass man ihm auf die Spur kam. In der Regel machte sich dieser Wunsch in einer noch so unscheinbaren Kleinigkeit Luft. Nun galt es, sich im Nachhinein in das Muster des Verbrechens einzufühlen.

In der Kirche waren nur noch wenige Stimmen zu hören. Ariel Gelderlo hing der eben gehörten Musik nach, vor allem den eigentümlich schwermütigen, südlich warmen Klängen der seltsamen Zugabe, auf die er nicht vorbereitet gewesen war. Ungewohnte, reiche Farben nach den nüchterneren Werken deutscher und niederländischer Komponisten, die viel besser in den kühlen strengen Backsteindom passten. Ein Wiegenlied im Zwölf-Achtel-Takt einer Siciliana, gesungen in einem kleinen Boot auf einem unruhigen Ozean unter der Einsamkeit des schwarzen Nachthimmels, während eine einzelne Möwe daneben auf dem Wind dahinsegelte. Musik, die sein Herz so direkt erreichte wie Traubenzucker das Blut und jeglichen Widerstand dahinschmelzen ließ.

Solche mit unerschöpflichem Atem sich verströmenden Melodien hatte im barocken Europa nur einer zu Papier gebracht: Antonio Vivaldi. Immer wieder tauchten verschollene Werke auch dieses Komponisten in alten Bibliotheken auf. Hatte van Heeren diese Siciliana ebenfalls in den alten Folianten entdeckt? Seit Jahren nervte der rührige Organist die Fachwelt mit der fixen Idee, Vivaldi sei kurz vor seinem Tod noch in die Niederlande und nach Valckenburg gereist. Hierfür gab es durchaus schwache Indizien. Hatte er nun den Beweis gefunden?

Ariel Gelderlo beschloss, van Heeren in den nächsten Tagen einmal aufzusuchen und nach diesem Stück zu fragen. Aber nicht mehr heute Abend. Ein anderthalbstündiges Konzert ohne Pause mit einer ganzen Reihe sehr anspruchsvoller Kompositionen und dieser krönenden Zugabe – danach wollte van Heeren nicht mit neugierigen Fragen behelligt werden und blieb daher grundsätzlich oben auf der Empore, wo er sich jeden Besucher verbat.

Ariel öffnete seine Augen und blickte überrascht in ein anderes Paar: groß, braun und neugierig auf ihn gerichtet. Dazu gehörte ein hübsches Gesicht mit einem beinahe lockend draufgängerischen Zug um den Mund, umrahmt von gut frisierten, kastanienbraunen Haaren. Gelderlo verschlug es einen Moment den Atem. Die Frau, die er auf Ende zwanzig schätzte, trug einen eleganten roten Wintermantel, den sie leicht fröstelnd um ihre Schultern gezogen hatte, und kniehohe Stiefel, auf deren hohen Absätzen sie sich anmutig bewegte. Sie wirkte etwas ziellos, während sie an ihm vorbeiging, schien sich dann aber zu entschließen und wandte endlich den Blick von ihm ab. Das zunächst noch zögernde Klappern ihrer Schritte nahm einen stetigen Rhythmus an, dem der Widerhall des hohen leeren Raumes den Charakter von Kastagnetten verlieh, deren Tanz zunehmend im Echo aufging.

Der Kriminalhauptkommissar kannte die meisten, die um diese Jahreszeit in Valckenburg ein Kirchenkonzert besuchten, doch diese Frau hatte er nie zuvor gesehen. Er stand auf, sah sie am Ausgang dem Küster knapp zunicken und dann hinausgehen. Die Fremde war außer ihm die letzte Besucherin gewesen und hatte sich für ihn ebenso überraschend an die winterliche Nordseeküste verirrt wie die Zugabe.

Er warf einen letzten Blick zum prächtigen barocken Orgelprospekt empor. Am Spieltisch der herrlichen Orgel mit ihren sechsundvierzig Registern sortierte van Heeren offenbar noch seine Noten, bevor er das Licht löschen und nach unten kommen würde. Ariel wandte sich endlich zum Ausgang.

Solange sie die Augen geschlossen hielt, konnte sie sich einbilden, sie wäre in der Heidelberger Heiliggeistkirche, neben sich ihre Freundin Katharina. Eine große Woge Heimweh schlug über ihr zusammen, als die geheimnisvolle Musik verklang – eine Gondel, die im Dunkel unter einer Brücke verschwand.

Sie öffnete die Augen und stimmte zurückhaltend in

den erneut aufbrausenden Applaus ein. Nun gut: Valckenburg. Nicht Heidelberg, nicht Venedig. Und die Konzertbesucherin neben ihr hatte nicht die geringste Ähnlichkeit mit Katharina. Die Mittsiebzigerin trug eine überdimensionierte rote Stoffblume im hennaroten Haar und seufzte theatralisch: »Einmalig, diese Klangfarben! Darin war Händel wirklich Meister, finden Sie nicht auch?«

Merle Feierabend erwiderte freundlich lächelnd auf Italienisch: »Wer Vivaldi nicht von Händel unterscheiden kann, der hält am Ende Lasagne für Fish and Chips!«

Zufrieden beobachtete sie die Wirkung ihrer Worte auf die exaltierte Dame. Diese wandte sich pikiert ab und murmelte: »Nicht einmal hier ist man vor diesen Türken sicher!«

Nachdem Merle Feierabend ihre Nachbarin losgeworden war, blieb sie noch eine Weile auf ihrem Platz sitzen. Sie hatte sich für diesen absehbar trübsinnigen ersten Advent einen anderen Ausklang gewünscht. Als sie ihre Handschuhe aus der Manteltasche nahm, fiel die Nachricht heraus, die sie vorhin unwillig zerknüllt und weggesteckt hatte: »Liebe Merle! So bezaubernd wie Du ist in meiner Doppelkopfrunde keiner! Aber ein Ruf von Béatrice Gelderlo ist wie der Ruf der Queen! Das Opfer fällt mir jedoch leichter, wenn ich daran denke, wie Du mir morgen beim Abendessen im Casino in leuchtenden Farben von dem Konzert erzählen wirst. Ich wünsche Dir trotzdem viel Freude! Dein René«.

Die Kassiererin hatte ihr den Zettel zusammen mit der bereits bezahlten und für sie hinterlegten Eintrittskarte ausgehändigt. René Maarten de Vries hatte Merle überhaupt erst auf dieses Konzert aufmerksam gemacht, zugleich jedoch bedauernd klargestellt, dass er sein monatliches Kartenspiel unter keinen Umständen dafür ausfallen lassen könne. Merle war bisher nicht mit der Tatsache konfrontiert worden, dass es in de Vries' Leben einen unverrückbaren Jour fixe gab, an dem sie nicht teilnehmen konnte – und sie hatte bis zuletzt gehofft, er werde es sich doch anders überlegen. Sie hatte ihn kurz nach ihrem Umzug im Sommer kennengelernt. Ihr Kollege und Lebensgefährte Lars van Huizen, dem sie von Heidelberg in seine Heimatstadt Geertshaven gefolgt war, musste trotz Urlaubs an einer dringenden Fallbesprechung im Polizeipräsidium teilnehmen, und Merle strich gelangweilt durch den Jachthafen. Der Besitzer eines besonders eleganten Bootes, das sie geistesabwesend betrachtete, folgte ihrem Blick amüsiert und lud sie zu einem Hafenrundgang ein.

In den folgenden Monaten ergab sich häufiger die Gelegenheit, gemeinsam etwas zu unternehmen. De Vries war achtzehn Jahre älter als sie. Beide fanden einander charmant und unterhaltsam und genossen die entspannte Zeit miteinander. Von Lars sah Merle nicht mehr viel. Während sie in Heidelberg sogar im gleichen Büro gearbeitet hatten, war er mit seiner Rückkehr nach Geertshaven zum Leiter des hiesigen Dezernats Wirtschaftskriminalität aufgestiegen und Merle wieder als Kriminalhauptkommissarin im Dezernat Kapitalverbrechen tätig. In seiner neuen Eigenschaft hatte Lars alle Hände voll zu tun. Die jüngsten Enthüllungen hatten die wahre Identität der Betreiber etlicher Briefkastenfirmen publik gemacht. Hier fand sich internationale Prominenz aus Wirtschaft, Politik, Sport und Kultur neben dem organisierten Verbrechen wieder. Und inzwischen legten die Ermittlungen nahe, dass selbst Mitglieder der Valckenburger Regierung mit hohen Summen bestochen worden waren.

Merle hingegen befasste sich anders als an ihrem ehemaligen Arbeitsplatz bis jetzt vor allem mit langweiligen Routineaufgaben. Teilweise betrafen diese das Geertshavener Casino, das vor Merles Zeit erfolglos überfallen worden war. Zwei Täter hatte man damals fassen können, nach weiteren suchte man nicht mehr ernsthaft. Merle kannte die Akte des Falls längst auswendig, hatte ihr Wissen jedoch bisher nicht anwenden können. Die beiden verurteilten Täter hatten inzwischen ihre Haftstrafe verbüßt. Der eine hatte umgehend das Land verlassen, der andere war bislang nicht weiter auffällig geworden, was Merle zuweilen bedauerte.

Heimweh bedrückte sie und sie fragte sich, was sie eigentlich in diesem an den Rand der Weltgeschichte gespülten Nordsee-Monaco wollte.

Leise seufzend stand sie auf, knöpfte ihren Mantel zu und streifte die Handschuhe über. Bis auf einen Mann einige Reihen hinter ihr hatten alle Konzertbesucher die ehrwürdige Kirche bereits verlassen, die in all ihrer kühlen Pracht und Erhabenheit Merle nichts Bergendes bot. Daran vermochte auch der große Adventskranz nichts zu ändern. Fröstelnd zog sie den Mantel fester um ihre Schultern und setzte sich in Bewegung.

Der Mann, der immer noch unbeweglich auf seinem Platz saß, fesselte ihre Aufmerksamkeit. Er hielt die Augen geschlossen und sie betrachtete ihn unverhohlen. Sie schätzte ihn auf Mitte vierzig. Sein leicht geöffneter Mantel musste sehr teuer gewesen sein, ebenso wie der offensichtlich von einem exzellenten Schneider gefertigte elegante Zweireiher. Die etwas aus der Zeit gefallenen Kleidungsstücke, zusammen mit einem schwarzen Stockschirm, verliehen ihrem Träger das Aussehen eines englischen Landedelmannes. Er war groß und kräftig gebaut, aber schlank. Sein Gesicht unter den sorgfältig gekämmten Haaren hatte markante Züge und um den Mund ein angedeutetes Lächeln. Die geschlossenen Augen verliehen ihm etwas Konzentriertes und Entspanntes zugleich. Vielleicht der Musikkritiker der *Valckenburger Nachrichten*?

Inzwischen war sie dicht bei ihm angekommen und er öffnete die Augen: graugrün, mit einem Blick, der gewohnt war, sein Gegenüber festzuhalten. Sie verwarf den Musikkritiker. Nur langsam ließ sie seinen Blick los und entschied sich endlich, die ungastlich gewordene Kirche zu verlassen und heimzugehen.

Draußen war der Nebel inzwischen noch dichter. Die Laternen hatten den Kampf gegen ihn längst aufgegeben. Feuchte, aufgedunsene Gespenster drückten sich zwischen den alten Häusern herum. Einsam stand ihr rotes Peugeot-Cabrio auf dem verlassenen Kirchplatz. Sie drückte auf den Schlüssel und der 208 CC blinkte befreit, als wollte er sagen: »Los, schnell weg hier!«

Das Auto schien auszusprechen, was sie sich die ganzen letzten Monate nicht eingestanden hatte: Der Umzug war eine Fehlentscheidung gewesen. Lars genoss das Heimspiel mit neuen beruflichen Herausforderungen. Die einzige Herausforderung der vor Kurzem 30 Jahre alt gewordenen Merle dagegen war bisher Evelyne de Jong, Lars' junge blonde Assistentin mit den Barbie-Maßen, von Merle meist wegwerfend »deine Plinkerpuppe« genannt. Da war die Bekanntschaft mit de Vries gerade zur rechten Zeit gekommen.

Enttäuscht stieg sie in ihren Wagen. Auf sie wartete jetzt eine leere Wohnung. Lars war auf einer Dienstreise in Amsterdam, begleitet von Evelyne de Jong. Eigene Freunde hatte Merle bisher in Geertshaven keine gewonnen und von Lars' Familie war sie freundlich empfangen, aber nicht wirklich aufgenommen worden.

Sie erreichte die große Kreuzung mit den Schildern für den Fernverkehr. Links ging es nach Groningen und Leeuwarden, rechts nach Emden und Bremen. Einen Moment zögerte sie. In Emden käme sie auf die Autobahn nach Süden. Doch dann wären es immer noch fast sechshundert Kilometer ...

Als die Ampel auf Grün sprang, trat Merle Feierabend energisch aufs Gaspedal. Der Peugeot machte einen erschrockenen Satz geradeaus und blieb dann mitten auf der Kreuzung stehen. Hinter ihr ertönte verärgertes Hupen. Hektisch startete sie den Wagen erneut und folgte seufzend der einmal eingeschlagenen Straße nach Geertshaven. Diese würde sie nun etwa zehn Kilometer schnurgerade durch dichten Nebel führen. Die anstrengende Fahrt nahm ihre ganze Aufmerksamkeit in Anspruch, was ihr nicht unwillkommen war.

Ariel Gelderlo schlug den Mantelkragen hoch und ging mit raschen, großen Schritten in den feuchten Dezemberabend hinein. Die Luft war voll winziger Tröpfchen, klammer Nebel verschlang fast das letzte Licht der Laternen, die standhaft auf ihren Posten ausharrten. Er war der einzige Fußgänger auf der kopfsteingepflasterten Marktstraße mit ihren hohen Treppengiebeln. Die Schaufenster hatten nicht mehr die Kraft, seine dunkle Silhouette zu spiegeln; das Geräusch seiner Schritte wurde vom Nebel verschluckt, als hätte es nie existiert. Doch in seinem Kopf kehrte plötzlich das Motiv der Siciliana wieder, so deutlich, als hätte er es gerade erst gehört, und leise summend suchte er es festzuhalten. Wieder und wieder entglitt es ihm in den Nebel und kehrte doch beharrlich wie das schwache Licht der Laternen und des über die Straßen gespannten Adventsschmucks zurück.

Summend blieb er kurz vor einem alten Patrizierhaus mit reich verziertem niederländischem Giebel stehen: seinem Elternhaus, in dessen musealer Hülle seine Mutter nur noch wenige Räume wirklich bewohnte. Sie hielt an alten Gepflogenheiten fest und hatte an diesem Abend wieder ihre monatliche Doppelkopfrunde zu Besuch. Sein vor zwei Jahren verstorbener Vater war Diplomat sowie eine ganze Weile Minister gewesen. Der Name Gelderlo tauchte mit unübersehbarer Beständigkeit in der Geschichte des winzigen Landes auf. Der Kommissar nahm summend seine einsame Wanderung wieder auf. Vor ihm war die Silhouette des großherzoglichen Schlosses im Nebel zu erahnen. Vergangenheit, von der es in Valckenburg mehr gab, als die nur noch knapp dreißigtausend Bewohner der Stadt gebrauchen konnten. Das Geld wurde längst im inzwischen mehr als doppelt so großen Geertshaven verdient, dessen Stern in dem Maße aufgestiegen war wie derjenige der Hauptstadt verblich. Die einstige Meeresbucht, an der die alte Handelsstadt lag und in die hinein das Wasserschloss gebaut war, konnte nur noch von kleineren Schiffen und Jachten befahren werden. Im ehemals breiten Zugang zum Meer wurde eine schmale Fahrrinne für diese Boote freigehalten und gelegentlich neu ausgebaggert. Die richtigen Schiffe gingen heute in Geertshaven vor Anker. Mochte die Regierung vorerst noch in Valckenburg sitzen, der Polizeipräsident und mit ihm der entscheidende Teil der Polizei hatten schon seit Jahren ihren Sitz in Geertshaven. Ariel Gelderlo leitete mit Hingabe eine in Valckenburg verbliebene Abteilung, die für die alte Stadt und das Hinterland zuständig war. Hier hatte sein Name noch Klang und Gewicht, die Veränderungen hielten sich im Rahmen – und wenn man ihn für besondere Aufgaben einmal nach Geertshaven rief, hatte er mit seinem himmelblauen Volvo 164, einem sorgfältig gepflegten Erbstück seines Vaters, einen regelrechten Auftritt.

Er blieb an dem kleinen Sportboothafen stehen, der neben den großen runden Ecktürmen des Schlosses im Herzen der Stadt lag, wo einmal die großen Segelschiffe angelegt hatten, und horchte auf das leise schwappende Wasser, das er im Nebel nicht sehen konnte.

Die traditionsreiche Solidität, für die das Schloss stand, war dem Land abhandengekommen. Valckenburg wurde in ausländischen Zeitungen inzwischen in einem Atemzug mit Panama und Malta erwähnt. Kapitalanleger, die man aus aller Welt mit unschlagbaren Konditionen gelockt hatte, sahen sich an den Pranger gestellt und ihre bislang diskret gewahrten Finanzgeheimnisse ans unbarmherzige

Licht der Öffentlichkeit gezerrt. Vom Premierminister bis zur Kioskverkäuferin waren die Menschen unruhig geworden. »Wohin steuert Valckenburg?« Die heutige Schlagzeile des *Utkiek* verlieh der allgemeinen Stimmung Ausdruck. Gelderlo war in dieser Woche mit einem Fall von Selbsttötung konfrontiert worden: Der Tod eines Staatssekretärs im Finanzministerium warf mehr Fragen auf, als beantwortet werden konnten. Der Minister selbst konnte sich als Ursache des tragischen Geschehens nur private Probleme vorstellen. Die Arbeit im Ministerium war natürlich über jeden Zweifel erhaben.

In dieser Situation hatte ein besonders naseweiser Kommentator der *Valckenburger Nachrichten* sogar einen Beitritt zur EU nicht ausgeschlossen und zwischen den Zeilen angedeutet, dass schlimmstenfalls auch das Ersuchen um Aufnahme in die Bundesrepublik Deutschland denkbar wäre. Der visionär begabte Journalist würde vermutlich zukünftig mit der Berichterstattung über Kindergartenflohmärkte und Feuerwehrfeste vorliebnehmen müssen.

Ganz Valckenburg schien nur auf die märchenhafte Geschichte um den wiedergefundenen Brautring der Gräfin Anne Sophie gewartet zu haben. Das hübsche Schmuckstück beflügelte jetzt die Fantasie aller, die sich vergeblich nach Glanz und Glück sehnten und stattdessen eine schlechte Nachricht nach der anderen verdauen mussten. War der Ring wieder aufgetaucht, so vielleicht doch irgendwann einmal auch das Armband, die Ohrringe, das Diadem und vor allem das zauberhafte Diamantencollier? Das Schloss zählte so viele Besucher wie seit Jahrzehnten nicht.

Den Kommissar interessierte all diese Aufregung nur

am Rande. Wie es um das einstmals durchaus ansehnliche Vermögen der Gelderlos inzwischen bestellt war, wusste er nicht, weil seine Mutter hartnäckig jede Information darüber verweigerte. Ariel hatte nur den alten Familiensitz in der Marktstraße vor Augen, für dessen Renovierung und Instandhaltung seit Jahren nur noch das Notwendigste aufgebracht wurde. Er selbst lebte in einer recht großen, nicht ganz so alten Mietwohnung in einer weniger repräsentativen Straße am Rand der Altstadt.

Er hatte den Polizisten nicht bemerkt, der neben ihn getreten war und sich jetzt an die Mütze tippte. »Ach, Sie sind's, Chef. Hab Sie nicht gleich erkannt bei dem Nebel.«

»Alles ruhig, Wolters?« Er wandte nur den Kopf ein wenig zur Seite. Karl Wolters war einer der dienstältesten Beamten des Streifendienstes, der noch im dichtesten Nebel einen einsamen Spaziergänger sehen und ansprechen würde, der spätabends am Valckenburger Hafen stand und ins Nichts schaute.

»Zwei Betrunkene haben hinter der Kirche ein bisschen Randale gemacht. Jansen und ich haben sie getrennt und nach Hause geschickt.«

»Hinter der Kirche? Von da komme ich eben. Ich habe gar nichts bemerkt. Muss gewesen sein, als ich noch drin war.«

»Kommen Sie vom Konzert? War es schön?«

»Ja. Ein ungewöhnliches Stück hat van Heeren zum Schluss gespielt … – Na gut. Sie haben ja recht, Wolters. Wer nicht gerade Streife gehen muss, hat eigentlich um die Zeit nichts mehr hier verloren. Ich werd mich dann auch mal auf den Heimweg machen. Eine ruhige Nacht!«

Die Siciliana. Süß und warm, aus dunklen Tönen in eine unbestimmte Ferne singend, setzte sie sich immer wieder und immer mehr in seinem Kopf fest. Erneut summend schritt er fester aus, umfasste in seiner rechten Manteltasche den Schlüsselbund und spielte mit ihm, bevor er ihn aus der Tasche zog, als er in seine Straße einbog.

Eine Katze kreuzte seinen Weg und rieb sich kurz an seinem Hosenbein. Er bückte sich und strich ihr einmal übers Fell, dann trennten sie sich. Die Häuser standen willkürlich aneinandergelehnt, als wären sie von der Welt vergessen worden; nur in zwei Fenstern brannte Licht. In der Reihe der parkenden Autos stand auch sein Volvo, jetzt nur ein weiterer halb verschwundener Gegenstand im undeutlichen, durchbrochenen Lichtkegel der nächsten Laterne.

Ariel klimperte kurz mit seinen Schlüsseln, ertastete den richtigen und schloss auf. Erst als er die Tür seiner Wohnung im ersten Stock hinter sich zugedrückt hatte und das Schweigen des Flurs und der anderen Räume dahinter wahrnahm, fiel ihm die Katze wieder ein. Eine Katze, die ihn in dieser leeren Wohnung empfing, wäre nicht die verkehrteste Anschaffung – sofern sie nicht unterwegs sein würde, wenn er kam, und sich an fremder Leute Hosenbeine schmiegte.

Er warf den Schlüsselbund auf das Schränkchen im Flur und hängte den Mantel ebenso achtlos an einen Garderobenhaken: Dort hing er nun wie ein vor Erschöpfung im Stehen eingeschlafenes Gespenst, während sein Besitzer schon in die Küche weitergegangen war und den Kühlschrank inspizierte. Dabei summte er das Motiv der Siciliana vor sich hin. Morgen würde er seine Geige in die Hand nehmen, die aus Rücksicht auf die musikempfindlichen Nachbarn ihren Platz in seinem Büro gefunden hatte, und probieren, das Stück aus dem Gedächtnis nachzuspielen. Ob seine Finger dieser Herausforderung noch gewachsen waren?

ALLEGRETTO CON TENSIONE

Wie gewöhnlich ignorierte sie den Fahrstuhl. Er blickte auf ein halbes Jahrhundert Technikgeschichte zurück und schien bei der Generalsanierung des Hauses vor drei Jahren übersehen worden zu sein. Langsam stieg sie bis zum Penthouse im dritten Stock. Es war Viertel nach acht, und das großzügige und hellhörige Treppenhaus ließ sie an den Abendbeschäftigungen ihrer Nachbarn teilhaben. Im ersten Stock über dem Reisebüro hörte sie bei Familie Di Stefano das muntere Trappeln kleiner Kinderfüße, im zweiten Stock lief der Fernseher der alten Frau Strackerjahn. Lächelnd ging Merle Feierabend weiter. Die alte Dame hatte ihr erst diesen Nachmittag einen großen Teller selbst gebackener Plätzchen hochgebracht und ihr einen gesegneten ersten Advent gewünscht. Sie war gerne zu einer Tasse Tee geblieben und so hatten sie gemeinsam einige Plätzchen probiert.

Auf den letzten Treppenstufen kam Merle plötzlich das Motiv der Konzertzugabe wieder in den Sinn. Zielstrebig schloss sie die Wohnungstür auf und lief noch im Mantel in die Küche, um Teewasser aufzusetzen. Einige Minuten später saß sie mit einem dampfenden Becher am Klavier und versuchte, mit der rechten Hand die Melodie nachzuspielen. Doch das unbekannte Stück, das ihr im Kopf so präsent schien, entzog sich beharrlich. Schließlich gab sie enttäuscht auf und zog stattdessen Vivaldis »Gloria« aus ihrem Notenstapel, das letzte Stück, das sie in Heidelberg mit der Kantorei gesungen hatte. Sie schlug das »Domine Deus« auf, das ebenfalls im wiegenden Siciliana-Rhythmus notiert war, und begann zu spielen und zu singen. Solange bei Frau Strackerjahn der Fernseher lief, brauchte Merle keine Rücksicht zu nehmen.

Die Erinnerung an das Konzert in Heidelberg wurde wieder lebendig. Doch niemanden vermisste sie so sehr wie Katharina: ihre beste Freundin, seit beide sich mit sechzehn Jahren in der Kantorei kennengelernt hatten. Die erste große Liebe und den ersten großen Kummer hatten sie einander anvertrauen können. Nach dem Abitur, als sich Merles Eltern trennten, fand sie bei Katharinas Familie Halt und Trost und bei ihrer Freundin immer ein offenes Ohr. Daran änderte sich nichts, obwohl sie beruflich unterschiedliche Wege gingen. Katharina begann ein Studium der Schulmusik und legte ihr Examen an der Hochschule für Kirchenmusik ab. Merle versuchte zunächst vergeblich, in Paris Fuß zu fassen, wo ihre Mutter inzwischen wieder lebte, kehrte nach Deutschland zurück und fand nach ihrem Studium an der Polizeifachhochschule eine Stelle in

Heidelberg, wo sie rasch Karriere machte. Die Kantorei hatte inzwischen einen neuen Leiter bekommen, mit dem Katharina eine komplexe Beziehung unterhielt. Sie blieb in jeder Hinsicht unter ihren Möglichkeiten und hielt sich beruflich mit Unterricht und der Leitung von drei kleinen Kirchenchören über Wasser. Geduldig hörte sich Merle Katharinas Klagen über Jürgen an. Sie selbst fand ihn als Musiker annehmbar und als Mensch fragwürdig, während Katharina ihn gerne musikalisch kritisierte, jedoch jede seiner menschlichen Schwächen zu verteidigen bereit war.

Bis vor drei Wochen. Katharina hatte sich von Jürgen und damit von der Kantorei getrennt. Viele lange Telefonate und Nachrichten später war dieser Beschluss als endgültig zu betrachten. Über Weihnachten wollte sie Merle in Geertshaven besuchen. Diese freute sich darauf. Sie würden sich gegenseitig Halt geben, und bei Lars wusste man ja nie, ob er nicht gerade über Weihnachten wieder mit Evelyne de Jong dienstlich unterwegs war.

Sie stand vom Klavier auf und zündete die Kerzen in den drei Metalllaternen auf dem Kaminsims an. Zufrieden schloss sie die Glastür der letzten Laterne und betrachtete eine Weile die flackernden Lichter hinter den unterschiedlich verzierten Scheiben. Dann zog sie ein Fotoalbum aus dem Bücherregal und machte es sich mit Kissen und einer Decke auf dem Sofa bequem. Es war ihre letzte Aufführung der Kantorei gewesen. Merle blätterte durch die Fotos von den Proben und der Nachfeier, zugleich ihrem Abschied von dem Chor, in dem sie doch recht viele Jahre gesungen hatte. Ihr Gesicht auf den Bildern zeigte freudige Aufbruchsstimmung, Katharina dagegen sah traurig aus, was Merle erst jetzt richtig auffiel. Außerdem fiel ihr auf, dass Jürgen auf fast allen Fotos prominent im Vordergrund zu sehen war, umringt von verschiedenen Chorsängerinnen; für Katharina hatte er keine Augen. Merles Euphorie über den Neuanfang hatte das Renovieren und Einrichten der gemeinsamen Wohnung in Geertshaven noch eine Weile überdauert, war jedoch allmählich dem Gefühl der Ernüchterung gewichen.

Sie schaute sich in dem großen Wohnraum um und fragte sich, was Lars eigentlich zu dessen Einrichtung beigetragen hatte. Sie war gerade dabei, diese Suche ergebnislos abzubrechen, als ihre Augen auf das ehrwürdige schwarze Klavier fielen. Es hatte Lars' Großmutter gehört und Lars hatte weder Mühe noch Kosten gescheut, es ins Penthouse transportieren zu lassen, sehr zu Merles Freude, die seit ihrem Auszug aus dem Elternhaus kein eigenes Instrument mehr besessen hatte.

Der aufdringliche Klingelton des Telefons ließ sie zusammenfahren. Sie warf einen raschen Blick auf die alte, holländische Standuhr, die Lars und sie gemeinsam bei einem Trödler erstanden hatten: halb zehn. Auf dem Telefondisplay wurde keine Nummer angezeigt, also weder Katharina noch Lars, auch nicht de Vries.

»Feierabend.«

»Desculpa! Schon haben Feierabend?«

Ohne Merle die Chance einer Antwort zu geben, sprach die Anruferin hastig weiter: »Estou muito preocupada! Meu amigo Stani ist verschwunden!«

Merle stockte einen Moment, dann griff sie sich aus dem portugiesischen Wortschwall das wenige heraus, was sie verstanden zu haben glaubte: »Ihr Freund Stani ist verschwunden?«

»Sim, sim – ja, ja! Nicht gekommen zu encontro – zu Verabredung. Er vielleicht em grande perigo – in große Gefahr!«

»Können Sie offen sprechen?«

»Nur kurz. Wenn kommt Chef, ich machen Schluss!«

»Ich habe Zeit. Ich habe nicht Feierabend, ich heiße nur Feierabend. Können wir uns irgendwo treffen?«

»Muito bem – gut, sehr gut! Wo?«

»Kennen Sie die *Schiffslaterne*?«

Knut's alte Schiffslaterne war ein beliebtes Lokal im Hafen, das selbst an diesem Adventssonntagabend sehr belebt sein würde und in dem zwei Frauen keine Aufmerksamkeit erregten.

»Sim! Bin da in zehn Minuten!«

»Dann werde ich auch da sein. Ich trage einen roten Mantel und habe dunkle, lange Haare.«

»Muito obrigada – vielen vielen Dank! Habe auch dunkellange Haare und schwarze Mantel.«

»Wie heißen Sie? Und woher haben Sie eigentlich meine Nummer?«

»Maria Teresa Barroso Soares. Alle sagen Tresinha.«

»Und die Nummer?«

»Zettel von Stani.«

»Also gut. Dann sehen wir uns gleich.«

»Danke! Até logo!«

Während Merle sich den Mantel anzog und in die Stiefel schlüpfte, fragte sie sich, ob sie in Heidelberg genauso gehandelt hätte. War ihre chronische Unterbeschäftigung dafür verantwortlich, dass sie so bereitwillig und eifrig auf das Anliegen der Anruferin eingegangen war?

Das Telefon meinte ihn. Das verstand sich keineswegs von selbst, da er eben noch über eine endlose Ebene gelaufen war, in der es keine Telefone gab.

Er schrak auf. Bei dem Versuch, sich vom Sofa aufzurichten, fiel das Musiklexikon von seinem Bauch auf den Boden. Er erinnerte sich, dass er in dem Buch gelesen hatte. Dabei war er offensichtlich eingenickt.

Das Telefon klingelte immer aufdringlicher. Als er sich über seine Identität klar geworden war (Ariel Gelderlo, Leiter der Kriminalpolizei in Valckenburg) und den schnurlosen Apparat endlich gefunden hatte, meldete er sich heiser.

»Entschuldigen Sie die Störung, Chef. Geverdingen am Apparat. Ich bin in Maria Magdalenen. Dort haben Jansen und Wolters van Heeren schwer verletzt aufgefunden. Die Notärztin und die Kollegen sind verständigt.«

»Noch mal langsam, Geverdingen: Sie sind wo genau?«

Sein Assistent, der junge Kriminalkommissar Kai Geverdingen, antwortete: »In Sankt Maria Magdalenen. Als Wolters und Jansen auf ihrer Streife an der Kirche vorbeikamen, stand der hintere Seiteneingang offen und es fiel Licht nach draußen. Das Licht kam von der Orgelempore. Die beiden sagen, sie seien hochgegangen, nachdem ihnen auf ihr Rufen niemand geantwortet habe. Dort lag der Organist mit einer schweren Kopfwunde und war bewusstlos. Neben seiner rechten Hand lag ein alter Papierfetzen, von einem Notenblatt, so wie es aussieht.«

»Bleiben Sie da. Ich komme sofort.«

Vergeblich versuchte Ariel sich an die Melodie von Vivaldi zu erinnern. Sie war fort.

Hastig fuhr er in seinen Mantel, griff schon im Gehen nach dem Schlüssel, fand das Diensthandy in der Manteltasche, zog es heraus (es war ausgeschaltet), steckte es seufzend wieder in die Tasche und ließ die Wohnungstür hinter sich ins Schloss fallen. Er gab dem Volvo eine Chance, bei Nacht und Nebel anzuspringen. Das alte Auto zeigte sich dankbar und fügsam. Der Nebel war noch dichter geworden, die Scheinwerfer konnten nicht viel ausrichten. Er starrte angestrengt mit weit aufgerissenen Augen auf die Straße und sah doch kaum etwas. Hätte er den Überfall auf van Heeren verhindern können, wenn er gleich zu ihm hochgegangen wäre?

Ohne darauf eine Antwort gefunden zu haben, doch im Übrigen wohlbehalten erreichte er St. Maria Magdalenen. Der Notarztwagen, eine Ambulanz und ein Streifenwagen standen bereits vor der Kirche. Die Tür stand offen und in der Kirche war Licht – wie Geverdingen gesagt hatte. Als Ariel gerade durch die Tür trat, kamen ihm im Laufschritt die Sanitäter mit einer Bahre entgegen. Er sprang zur Seite und warf einen raschen Blick auf den Verletzten.

Nichts hätte einen jetzt ahnen lassen, dass dieser Mann noch vor wenigen Stunden das große, prächtige Instrument in dieser Kirche mit seinen Tausenden Pfeifen zum Klingen gebracht hatte. Die Erkenntnis der Verletzlichkeit eines Menschen traf Ariel Gelderlo nach so vielen Dienstjahren plötzlich und heftig.

Die Hecktüren des Rettungswagens wurden zugeschlagen und das Fahrzeug brauste mit Blaulicht in den Nebel.

»Es sieht nicht gut aus, Ariel.« Mit der lässigen Eleganz, die Gelderlo an ihr mochte, zündete die Notärztin sich eine Zigarette an und trat neben ihn. »Ich habe veranlasst, dass er gleich nach Geertshaven gefahren wird. Dort sind wir besser für solche Fälle eingerichtet.«

Er kannte Kirstin Bergemann – »Lady Kirstin«, wie sie allgemein genannt wurde – seit vielen Jahren, begegnete ihr immer wieder an Tatorten und schätzte ihre medizinische Erfahrung.

»Wie schwer ist seine Kopfverletzung?«

»Der Schlag war schon heftig. Es ist eindeutig mehr als eine Gehirnerschütterung.«

»Wird er überleben?«

Sie blies den Rauch aus und zuckte mit einer Schulter.

»Kann ich dir leider noch nicht sagen. Aber auch für den Fall, dass er überlebt, wirst du ihn in den nächsten Wochen nicht vernehmen können.«

Mit einem Seufzer fügte sie hinzu: »Wenn ich nicht für Hartmut eingesprungen wäre, hätte ich heute gar keinen Notdienst gehabt. Eigentlich wollte ich in das Orgelkonzert.«

»Dann hätten wir uns getroffen. Und würden trotzdem jetzt beide hier stehen.«

»Stimmt auch wieder.«

»Der Knabe, der das getan hat, darf sich schon mal warm anziehen!«

Sie trat die Zigarette mit dem Schuh aus und meinte kopfschüttelnd: »Wozu schlägt jemand einen harmlosen Kirchenmusiker nieder?«

In der Kirche traf er Geverdingen, Wolters, Jansen und

die weiteren Beamten an, die zur Verstärkung hinzugekommen waren. Sein Assistent trat auf ihn zu und wiederholte seine Schilderung der Situation, welche die beiden Streifenbeamten vorgefunden hatten. Gelderlo ließ sich von ihnen auf die Orgelempore führen. Sie blieben am Rand stehen und betrachteten den Tatort.

»Hier hat ein Kampf stattgefunden«, bemerkte Geverdingen und zeigte auf einen umgestoßenen Hocker, auf dem van Heeren Noten gestapelt hatte, die nun unordentlich auf dem Boden lagen, teilweise aufgeschlagen, teilweise geknickt. »Der Angreifer war anscheinend hinter einem besonderen Notenblatt her, das der Organist in der Hand hielt und nicht freiwillig hergab. Er hat ihm mit einem schweren Gegenstand einen Hieb über den Schädel versetzt und ihm das Notenpapier aus der Hand gerissen, wobei ein Fetzen in der Hand des Organisten übrig blieb.«

»Dann hat er fluchtartig die Kirche verlassen«, ergänzte Wolters. »Aber wir haben keinen aufheulenden Motor oder sowas gehört.«

Ariel nickte langsam. »Wo ist der Fetzen von dem Notenpapier?«, fragte er dann.

Jansen wies auf den Spieltisch der Orgel. »Ich habe ihn erst einmal vorsichtig dort abgelegt. Die Kollegen von der Spurensicherung werden ja eine passende Klarsichthülle oder dergleichen dabei haben.«

»Schon zur Stelle!«, meldete sich keuchend Oskar Heidenburg, der für seine kleine Körperstatur extrem übergewichtige Beamte, der in der Valckenburger Dienststelle für die Spurensicherung verantwortlich war. Heidenburg, der außer seiner Leibesfülle auch über einen außergewöhnlich sonnigen und ausgeglichenen Charakter verfügte, pflegte gerne lächelnd über sich selbst zu sagen, er sei keineswegs zu dick, sondern nur zu klein. »So, und jetzt räumt mal bitte den Tatort, werte Kollegen! Lernt man so was heute nicht mehr auf der Polizeischule?! Als ob es nicht schon genug wäre, dass hier ganze Heerscharen von Rettungssanitätern durchgetrampelt sind! Wenigstens ein Schuhüberzug sollte bei denen zur Standardausrüstung gehören. Hier, Chef, bitte mit dieser Pinzette anfassen und gleich in die Klarsichthülle damit!«

Ariel achtete nicht weiter auf das muntere Geplapper Heidenburgs, von dem er aus Erfahrung wusste, dass er sich längst einen genauen Überblick vom Tatort verschafft hatte, während er schwitzend und schnaufend neben ihnen stand und so harmlos wirkte, als besuchten sie ein nettes Grillfest unter Nachbarn und Freunden. Er hatte seinen Koffer bereits geöffnet und reichte Ariel Schuhüberzug, Pinzette und Klarsichthülle, der sie an Jansen weiterreichte. »Na, ein bisschen habt ihr ja anscheinend doch gelernt!«, stellte Heidenburg im gleichen harmlosen Konversationstonfall fest, als der Streifenbeamte trotz der Überzüge mit vorsichtigen Schritten zum Spieltisch ging und dabei darauf zu achten schien, den gleichen Weg zu wählen, den er vorhin bereits genommen hatte.

Mit gespannter Neugier wartete Ariel, bis er einen Blick auf den Papierfetzen werfen konnte. Er drehte die Klarsichthülle im schwachen Licht und versuchte, etwas zu erkennen. Heidenburg reichte ihm wortlos eine kleine Taschenlampe.

»Danke«, sagte der Kommissar kurz, schaltete die Lampe ein und betrachtete aufmerksam das Stück Papier.

»Das ist ziemlich alt, nicht wahr?«, fragte Wolters.

Ariel antwortete freundlich: »Es könnte das sein, was van Heeren heute Abend nach dem Konzert als Zugabe gespielt hat. Vielleicht ist es ein Stück von Antonio Vivaldi. Dann wäre es in der Tat alt.«

Der Schnipsel war nicht sehr groß – etwa acht bis zehn Zentimeter hoch und halb so breit, schätzte er. Der Anfang von drei Notensystemen im Violin-, Bratschen- und Bassschlüssel war zu erkennen, Takt, Tonart oder Noten hingegen nicht.

Eindeutig ein Orgelstück. Gehörte der Papierfetzen zu der Siciliana? Plötzlich war die Melodie, die er schon ganz verloren geglaubt hatte, wieder in seinem Kopf, und er merkte, dass er leise zu summen angefangen hatte.

Er gab Heidenburg die Klarsichthülle mit dem Papierstück. »Behandeln Sie das, als wären es die Kronjuwelen der Königin von England! Vielleicht sind dies die sagenhaften Noten, auf denen der Fundort des Brautschmucks der Gräfin eingezeichnet war.«

Der Spurenexperte streckte nur seine kleine, dicke Hand aus und meinte scheinbar gleichmütig: »Wir bringen die Kronjuwelen schon zum Quatschen!«

Dann machte sich Heidenburg an die Arbeit, unterstützt von drei weiteren Beamten, die unter anderem starke Scheinwerfer mitgebracht hatten, mit denen sie die Empore ausleuchteten. Er ließ sich von Wolters und Jansen genau beschreiben, wo und wie sie den zu Boden geschlagenen Organisten gefunden hatten und was sonst am Tatort verändert worden war.

Gelderlo und Geverdingen verließen die Empore und

stiegen die Treppe nach unten. Der junge Kriminalkommissar bemerkte: »Wir haben bereits das gesamte Gebäude abgesucht, aber nichts weiter Ungewöhnliches entdeckt.«

»Wie ist der Täter eigentlich hineingekommen? Durch die Tür da hinten? Gibt es Spuren?«

Geverdingen schüttelte den Kopf.

»An der Tür weist nichts darauf hin, dass sie gewaltsam geöffnet worden wäre. Wenn sie nicht offen stand und der Täter nicht doch auf irgendeinem anderen Weg hineingekommen ist oder sich schon vorher in der Kirche versteckt hatte, dann hatte er entweder einen Schlüssel oder hat einen Nachschlüssel benutzt.«

»Hat jemand schon den Küster ausfindig gemacht?«

Geverdingen gestand, dass daran keiner gedacht hatte.

»Aber die Pastorin ist gerade gekommen!«

Er zeigte zu der immer noch offen stehenden Tür, in der eine hochgewachsene Enddreißigerin stand. Pastorin Dörte Böhnisch schien die Türöffnung allein durch ihre hoheitsvolle Haltung auszufüllen. Sie hatte ihr volles welliges Haar mit einem Schildpattkamm hochgesteckt und sah aus, als komme sie eben von einer Abendeinladung. Ariel fiel ein, dass sie bei seiner Mutter zur monatlichen Doppelkopfrunde verabredet gewesen war. Der Blick, mit dem sie rasch den Raum und die Personen erfasste, war wach und präsent. Ihre blauen Augen standen in auffälligem Kontrast zu ihren dunklen Haaren.

»Van Heeren wurde überfallen? Wann und wie ist das passiert?«

Ariel berichtete ihr in knappen Worten, was er bis jetzt wusste.

»Ich würde gerne einmal den Küster befragen und in Erfahrung bringen, wann genau er die Kirche nach dem Konzert verlassen hat. Könnten Sie versuchen, Herrn Kumpf herzubekommen? Oder soll ich jemanden vorbeischicken?«

»Das ist nicht nötig, er wohnt ja gleich hier um die Ecke, ich hole ihn eben.«

Beim Hinausgehen murmelte sie: »Armes Kümpfchen …!«

Als die Pastorin die Kirche verlassen hatte, durchmaß Ariel mit seinem Blick den gewaltigen Raum der Länge und vor allem der Höhe nach. Es brannte immer noch nur der eine Leuchter in der Nähe der Tür, der größte Teil der Kirche lag im Dunkeln. Nur auf der Empore drängten die hellen Scheinwerfer die Schatten geradezu unbarmherzig beiseite.

Abseits dieses hellen Lichtstrahls wirkte die Kirche verlassen. Von draußen drang feuchte Kälte durch die immer noch offene Tür – ein schleichendes Geisterheer, das langsam, aber gründlich alle Winkel besetzte. Der Ort, der ihm vorhin Entspannung und Unterhaltung geboten hatte, war zum Tatort geworden.

Die Pastorin kam zurück und ihr auf den Fersen, stolpernd wie ein ungeschickt gezogenes Spielzeugtier, Kumpf, der alte Küster, ein schmaler, kleiner Mann mit einem zerzausten Haarkranz.

Gelderlo nickte dem Küster aufmunternd zu. Erst vor Kurzem hatte er sich von ihm in dieser Kirche verabschiedet, nun wirkte der Mann um Jahre gealtert.

»Könnten Sie vielleicht ein paar mehr Lichter anmachen?«

Der alte Mann nickte verstört und stolperte zu einem großen Sicherungskasten, in dem er jedoch zielsicher ein paar Schalter drückte. Das Licht mehrerer golden glänzender, vielflammiger Kronleuchter erstrahlte.

»Und siehe – es ward Licht!«

Der Spurensicherungsexperte legte seinen unerschütterlich aufgeräumten Tonfall selbst an den wüstesten Tatorten nicht ab.

»Man braucht nur den richtigen Mann dafür! – Und das sind Sie!«, zeigte er auf den verwirrten Alten. »Sie sind bestimmt auch der richtige Mann, um uns zu sagen, wie oft da oben sauber gemacht wird.«

»An – an der Orgel?«, stammelte Kumpf. »Heute Nachmittag, noch vor dem Konzert – ich wollte doch nicht …«

»Genau«, fiel ihm Heidenburg ins Wort. »Das habe ich mir nämlich auch gedacht. Dann sind all die hübschen Sachen, die ich da gefunden habe, für mich!«

Wer ihn nicht kannte, konnte denken, ein kleiner, dicker Junge habe herrenlose Süßigkeiten oder Spielsachen eingesammelt. Ariel, der sah, dass Kumpf kurz vor einem Nervenzusammenbruch stand, brummte: »Nun spannen Sie uns nicht so auf die Folter, Mann! Erzählen Sie, was Sie gefunden haben!«

Heidenburg zuckte gleichgültig mit der Schulter.

»Mit ein bisschen Nachhilfe sind uns ein paar ganz nette Schuhabdrücke gelungen. Ist natürlich voll da oben wie nach 'nem Abschlussball. Jeder, der da jetzt reinkam, hatte feuchte Schuhsohlen von dem Nebel draußen. – Ich muss Sie bitten, das Großreinemachen noch ein bisschen aufzuschieben«, wandte er sich wieder an den Küster. »Wir sind noch nicht ganz fertig. Aber spätestens morgen Nachmittag können Sie sauber machen. – Ich würde mich gerne auch hier unten noch ein wenig umgucken. Ich gehe mal nicht davon aus, dass unser Freund so manierlich durch den Mittelgang gelatscht ist wie wir. Ich könnte mir eher vorstellen, dass er den kleinen Umweg da hinten hinter den Säulen genommen hat.«

Ohne eine Antwort abzuwarten, stapfte er zum südlichen Seitenschiff der dreischiffigen Kirche, gefolgt von einem seiner Mitarbeiter, während Wolters und Jansen sich in der Nähe von Gelderlo bei ihren Kollegen aufstellten und auf neue Anweisungen warteten. Ariel schaute dem Spurensicherungsexperten nach. Wenn man sich beeilte, aus dem Licht zu kommen, dann konnte man von dem Seitenportal, durch das sie alle den Raum betreten hatten, gut durch das Seitenschiff bis zur Turmhalle und von dort zur Orgel gelangen.

»Herr Kumpf«, fragte er sanft. »Ich war doch heute Abend der letzte Besucher nach dem Konzert, nicht wahr?«

»Nein«, antwortete der Küster mit bebenden Lippen.

Eine alte Schiffslaterne, notdürftig erleuchtet von einer Energiesparbirne der ersten Generation, baumelte über dem Eingang der Wirtschaft. Als Merle Feierabend die Tür zum überfüllten Schankraum öffnete, fiel ihr Blick sogleich auf den zur Laterne gehörenden Knut: Der große, kräftige Wirt stand gut gelaunt hinter seinem Tresen und unterhielt das ganze Lokal. Mühelos erkannte Merle die Frau, mit der sie sich verabredet hatte. Tresinha Soares hatte sich in eine Ecke gedrückt, von der aus sie den Eingang gut überblicken konnte, und machte die Kommissarin mit einer scheuen Handbewegung auf sich aufmerksam. Ganz im Gegensatz zu dieser unbeholfenen Geste stand der halb fordernde, halb flehende Ausdruck ihrer lebhaften Augen, die Merle bereits über den noch großen Abstand hinweg ebenso in Bann zogen wie die gesamte restliche Erscheinung der Fremden. Diese entsprach überhaupt nicht der Klischeevorstellung von einer billigen ausländischen Arbeitskraft, welche die Kommissarin sich nach dem Anruf zurechtgelegt hatte. Erwartet hatte Merle einen abgetragenen Mantel und rasch mit einem Gummi im Nacken zusammengebundene Haare – und unter dem Mantel vielleicht eine goldene Halskette mit Kreuz, die Teresa zur Kommunion bekommen hatte. Doch Kleidung, Frisur und Make-up der Frau, auf die sie zuging, ließen eher die Tätigkeit als Animierdame in einem Nachtlokal vermuten. Merle schätzte sie auf Mitte zwanzig.

Noch bevor sie jedoch den Tisch erreichte, stand Teresa Soares mit einer raschen und dennoch unauffälligen Bewegung auf, schlang sich den Schal um den Kopf, sodass man ihr Gesicht kaum noch sah, huschte leicht vornübergebeugt an der Kommissarin vorbei und murmelte eine undeutliche Entschuldigung. Merle tat so, als hätten sie nichts miteinander zu tun, und setzte sich ruhig auf den frei gewordenen Platz. Während die rätselhafte Fremde hastig zur Tür hinausschlüpfte, betrachtete Merle die Gäste, um herauszufinden, wer gerade den Raum betreten haben mochte. An der Theke wurde sie rasch fündig: Dort stand der Neuankömmling in einem teuren anthrazitfarbenen Wintermantel und orderte selbstbewusst und mit gewinnendem Charme ein Bier, nahm es dankend entgegen und ließ seinen Blick durch den Raum schweifen. Als er Merle entdeckte, hob er erfreut die Augenbrauen und näherte sich gelassen ihrem Tisch.

»Schönen guten Abend, Frau Kriminalhauptkommissarin! Darf ich mich zu Ihnen setzen? – Pardon, ich habe Sie nicht einmal gefragt, ob Sie jemanden erwarten!«

»Ich erwarte niemanden, Herr Sweelinck.«

Mit einer halben Verbeugung setzte er sich und fragte: »Haben Sie schon etwas bestellt?« Und als Merle verneinte: »Was möchten Sie trinken?«

»Knuts Holunderpunsch.«

Er zwinkerte ihr verschwörerisch zu: »Aha. Immer noch im Dienst?«

Mit selbstverständlicher Geste winkte er die Bedienung herbei und gab die Bestellung auf.

Merle blieb unauffällig auf der Hut, zauberte jedoch ein herzliches Lächeln auf ihr Gesicht. Henk Sweelinck, der Geschäftsführer des Geertshavener Casinos, war ihr im dortigen Restaurant von de Vries vorgestellt worden. Hin und wieder hatten sie ein paar unverbindliche Worte gewechselt, wenn Sweelinck an ihrem Tisch vorbeikam. Er besaß ausgesuchte Manieren und war sprachlich äußerst gewandt. Sein sicheres Auftreten und sein eleganter Habitus schienen ihm von der Natur geschenkt. Obwohl nicht besonders groß – Merle schätzte ihn auf ungefähr einen Meter siebzig – war er der unangefochtene Mittelpunkt jedes Raumes, den er betrat. Er ließ sich jedoch nie in seine Karten schauen, was ihn zum Geschäftsführer eines Casinos geradezu prädestinierte. Teresa Soares war vor ihm geflohen. Also war er der Chef, vor dem sie sich fürchtete.

»Sie trinken hier Ihr Feierabendbier, Herr Sweelinck?«
»Aha: Frage – Gegenfrage. Sie sind also im Dienst.«
»Eine alte dumme Angewohnheit.«
»Das heißt, alles, was ich jetzt sage, kann gegen mich verwendet werden.«
»Haben Sie denn etwas zu verbergen?«
»Haben wir das nicht alle?«
»Möglich. Aber ich erzähle Ihnen gerne, was mich heute hierhergeführt hat: Ich war in einem wunderschönen Konzert, allerdings alleine, und zu Hause hat auch niemand auf mich gewartet.«
»Das klingt, als seien Sie immer noch nicht ganz angekommen. Aber das braucht ja auch seine Zeit.«
»Sind Sie aus Geertshaven?«
»Ursprünglich aus Valckenburg. Aber das wurde mir rasch zu eng. Geertshaven ist allerdings nicht viel besser. Ich bin beruflich viel in der Welt unterwegs.«
»Das stelle ich mir sehr reizvoll vor. Bei mir war es immer hauptsächlich die Achse Heidelberg – Paris.«
»Das sind nun in der Tat zwei völlig unbedeutende Orte, verglichen mit Valckenburg und Geertshaven! Aber wenn ich fragen darf: Was führt Sie denn immer nach Paris?«
»Meine Mutter. Sie ist Pariserin und lebt wieder dort. Mein Vater ist in Heidelberg geblieben.«
»Das erklärt den für eine Kommissarin ungewöhnlichen Pariser Chic.«
»Merci! Ihnen sieht man umgekehrt an, dass die Welt Ihr Parkett ist – und das wissen Sie auch.«
Er prostete ihr lächelnd zu: »Auf die Cosmopolitans!«
»Ihre Klientel ist ja sicher auch international. Die Val-

ckenburger kommen wahrscheinlich eher selten an Ihre Spieltische.«

»Wir merken die angespannte wirtschaftliche Situation so – und so. Manche versuchen verzweifelt ihr Glück.«

In diesem Moment klingelte ihr Diensttelefon in der Manteltasche. Sie stand auf und reichte ihm die Hand.

»Jetzt bin ich im Dienst! Vielen Dank für die Einladung und für das nette Gespräch. Ihnen noch einen schönen Abend!«

Auf dem Weg zur Tür nahm sie das Telefonat entgegen.

»Herr Kumpf, ich sehe doch, dass es Ihnen heute Abend gar nicht gut geht.«

Durch den freundlichen Satz seiner Vorgesetzten ermuntert, fing der Küster an zu erzählen.

»Sie kennen mich doch, ich wäre ja normalerweise wirklich bis ganz zum Schluss dageblieben! Aber heute Abend hatte ich einen sehr schmerzhaften Anfall. Ich war froh, dass alles vorbei war und alle gegangen waren. Ich wollte gerade nach Hause gehen. Die Seitentür sollte ich auflassen, darum hatte mich Herr van Heeren schon vor dem Konzert gebeten, er hatte seinen Schlüssel vergessen. Das kann doch mal vorkommen! Dann kam plötzlich einer der Besucher zurück. Ein netter älterer Herr. Seine Frau hätte die Handschuhe auf ihrem Platz liegen gelassen. Und es ist doch heute so nasskalt! Da habe ich wirklich etwas getan, das ich sonst nie tun würde: Ich habe ihm gesagt, die Kirche wäre sowieso noch auf, er möge bitte einfach die Tür hinter sich zuziehen, wenn er wieder geht. Und dann bin ich nach Hause gegangen.«

Ariel atmete tief durch.

»Beschreiben Sie mir doch den älteren Herrn einmal!«

»Er war vielleicht um die siebzig, trug einen grauen Hut und einen grauen Wintermantel. Es sah beides nicht billig aus. Er war nicht von hier, ich kannte ihn nicht. Dem Akzent nach ein Holländer, aber er sprach sehr gut Deutsch.«

»Haben Sie seine Frau gesehen?«

»Ja, die stand unter der Straßenlaterne. Sie trug auch einen Hut. Ihr Mantel war dunkelblau oder schwarz, glaube ich. Sie sahen beide gut situiert aus. Sie war auch an die siebzig.«

»Jetzt machen Sie sich mal keine Vorwürfe, Herr Kumpf«, mischte sich Pastorin Böhnisch wieder ein. »Wir können ja nicht hinter jedem Kirchenbesucher einen potenziellen Totschläger vermuten. Ein bisschen Vertrauen müssen wir doch haben.«

Auch Ariel versuchte, den alten Mann zu beruhigen: »Sie haben eine sehr gute Personenbeschreibung abgegeben. Würden Sie das Paar wiedererkennen?«

»Ja, ich glaube schon.«

Der Kommissar entließ ihn mit den Worten: »Ich müsste Sie bitten, im Laufe des Vormittags in unserer Dienststelle vorbeizukommen. Einer unserer Leute wird Ihre Aussage dann Punkt für Punkt zu Protokoll nehmen. Wenn Ihnen noch irgendetwas Wichtiges einfällt, dann teilen Sie uns das bitte mit.«

»So, Herr Kumpf, nun ruhen Sie sich erst einmal aus und grüßen Sie Ihre Frau von mir«, schloss sich die Pastorin an.

Gelderlo wandte sich an Oskar Heidenburg: »Gibt es noch etwas, was Sie hier sehen müssen?«

»Ich bin wunschlos glücklich, Chef! Meine Leute nehmen jetzt alles in Ruhe auf. Ich schaue mich schon mal 'n bisschen draußen um. Mit dem Morgenkaffee kriegen Sie den Bericht. Es sei denn, ich schaue mir die Umgebung noch mal bei Tageslicht an. Aber viel heller wird's im Moment ja sowieso nicht.«

Ariel entließ ihn mit einer kurzen Handbewegung und wandte sich an Geverdingen: »Ich fürchte, ich habe haufenweise wahrscheinlich nutzlose Arbeit für Sie. Alle Anwohner rund um die Kirche und in den angrenzenden Seitenstraßen müssen befragt werden, ob sie irgendetwas bemerkt haben. Der interessanteste Zeitraum ist wahrscheinlich um acht Uhr herum. Hier leben im Großen und Ganzen keine Leute, die im Winter um diese Zeit noch aus dem Fenster gucken oder gar vor die Tür gehen, geschweige denn abends selber noch unterwegs sind, aber wir können uns nicht erlauben, den einen Hinweis zu verpassen, der am Ende dann vielleicht doch dabei ist.«

»Gut, Chef. Die Leute konnten ja nur Nebel sehen. Ansonsten werden sie das gesehen haben, was sie immer sehen: Fantasiegespinste. Aber kein Thema, mach ich.«

»Lassen Sie sich Zeit bis morgen früh.«

Der entscheidende Hinweis, da war sich Ariel fast sicher, fand sich innerhalb der Kirche und nicht draußen im nächtlichen Nebel.

»Bitte achten Sie in den nächsten Tagen genau darauf, ob in der Kirche etwas anders ist als gewohnt«, bat er Pastorin Böhnisch. Die entgegnete: »In der Sakristei und den anderen Nebenräumen werden Sie ja alles schon untersucht haben.«

»Sicher sind noch nicht alle Spuren aufgenommen. Aber jede Tür wurde geöffnet. – Nun, ich wünsche Ihnen eine gute Nacht. Wir werden uns in den nächsten Tagen sicher häufiger sehen.«

Nachdenklich ging er zu seinem Wagen und setzte sich hinein. Der alte Volvo war seine Arche in diesem Nebelmeer, das Sicilianamotiv der Ölzweig; die Taube war schon weitergeflogen. Sie würde nicht wiederkommen.

Ariel schloss die Augen.

Wer stahl denn Musik? Und begnügte sich dann mit einem zerrissenen Papier? Jakob van Heeren schien geradezu verzweifelt darum gekämpft zu haben. War auf dem verschollenen Notenblatt der Fundort des Brautschmucks aufgezeichnet? Jemand, der den Artikel in *Meer und Heimat* aufmerksam studiert hatte, konnte in dieser Erwartung ein Konzert mit wiederentdeckten alten Meistern besuchen und sich anschließend auf der Empore Gewissheit verschaffen.

Ariel fröstelte. Er startete den Motor, der sich darauf nun nicht mehr so bereitwillig einließ wie vorhin noch. Er nahm es seinem Volvo nicht übel. Sie hatten dasselbe Baujahr, wie er gerne sagte – »Zweiundsiebzig. Ein guter Jahrgang!«

Wer stiehlt Musik? Diese Frage beschäftigte ihn die ganze Fahrt über, als er den alten Wagen endlich in Bewegung gesetzt hatte. Das Wort »Fantasiegespinste«, das Geverdingen benutzt hatte, fiel ihm wieder ein. Lag die Erklärung in den Geschichten um eine Schatzkarte auf altem Notenpapier? Der Brautschmuck der Gräfin spukte ja im Moment durch viele Köpfe.

Leicht verwundert sah Ariel Gelderlo das alte Polizeipräsidium vor sich auftauchen, wie er es immer noch nannte, auch wenn das Präsidium längst in Geertshaven saß. Es war Nacht. Er sollte schlafen. Doch der Volvo schien anderer Ansicht zu sein oder wollte sich vielleicht nur dafür rächen, dass sein Herr ihm ebenfalls keine Nachtruhe gegönnt hatte.

Kopfschüttelnd stieg Ariel aus. Nachdem er nun einmal hier war und wahrscheinlich sowieso nicht würde einschlafen können, konnte er genauso gut in sein Büro im zweiten Stock steigen, von dem aus man bei schönem Wetter einen beneidenswerten Ausblick über die Valckenburger Bucht hatte. Jetzt würde ihn nichts von seinen Gedanken ablenken. Und wie er Oskar Heidenburg kannte, würde dieser ebenfalls bald in seinem Labor sitzen und die ersten sichergestellten Spuren auswerten.

Eigentlich war es schon lange her, dass sie beide einmal richtig etwas zu tun hatten, an parallelen Strängen einer Untersuchung beschäftigt, die sie noch vor Sonnenaufgang vereinen würden: ein echter Fall, der einem Rätsel aufgab und nicht nur aus ein paar formalen Routineuntersuchungen bestand. Der Staatssekretär im Finanzministerium hatte sich bei seinem freiwilligen Dahinscheiden an die üblichen Geschäftszeiten gehalten. Da er diese Entscheidung selbst getroffen hatte, widmeten ihm die Kriminalbeamten auch kaum mehr als die notwendige Aufmerksamkeit – allen Fragen zum Trotz kein Grund für eine Nachtschicht in dem überheblichen, gut hundert Jahre alten Bauwerk aus dunkelroten, fast schwarzen Backsteinen, an dem der Architekt endlich das hatte verwirklichen dürfen, was ihm bei der Hauptpost aus Kostengründen aus den Plänen gestrichen worden war.

So traurig es war, dass ausgerechnet Jakob van Heeren den Anlass für eine kriminologische Untersuchung bieten musste: Ariel war voller Tatendrang und verspürte tatsächlich nicht die geringste Müdigkeit.

Gegen zwei Uhr morgens streckte er sich zufrieden auf der schmalen Couch in seinem Büro aus und überdachte seine neuen Erkenntnisse. Mehrere Musikhistoriker waren davon überzeugt, dass Antonio Vivaldi kurz vor seinem Tod zu Besuch in Amsterdam gewesen war. Es war also nicht auszuschließen, dass er auch in Valckenburg vorbeigeschaut hatte.

Ariel stand wieder auf, griff nach seiner Geige und fand nach einigen Versuchen in die Siciliana. Die verträumte Melodie vermochte ihn in dem nächtlich einsamen Dienstgebäude ebenso zu betören wie vorhin in der großen, alten Kirche.

LENTO LETALE

Merle Feierabend schrak zusammen, als sie die Türklingel hörte. Es war halb acht, eigentlich wollte sie längst auf dem Weg ins Polizeipräsidium sein. Doch nach dem Anruf, der sie zu einem Toten an einem der Kanäle geführt hatte, war es spät geworden. Rasch stellte sie ihren Kaffeebecher in die Spülmaschine und ging zur Wohnungstür. Es war ihre alte Nachbarin.

»Ach, Frau Feierabend, wie schön, dass ich Sie noch erwische! Entschuldigen Sie die Störung, aber gestern Abend war eine junge ausländische Frau bei mir und hat Sie gesucht. Sie ist etwa eine Stunde geblieben und hat auf Sie gewartet. Jemand muss sie ins Haus gelassen haben, und dann hat sie wohl auf der Treppe gesessen. Jedenfalls, nachdem ich den Fernseher ausgemacht hatte, hörte ich es klopfen.

Wir haben dann zusammen eine Nachricht für Sie geschrieben.«

Frau Strackerjahn reichte der Kommissarin einen Zettel. Über dem Toten im Kanal hatte Merle Teresa Soares fast vergessen. Sie überflog die Nachricht. Die Portugiesin bat um einen Anruf und teilte ihre Handynummer, Adresse sowie den Namen ihres verschwundenen Freundes mit: Stanislaw Michalski.

»Darf ich nach Dienstschluss noch mal bei Ihnen vorbeikommen, wenn es nicht allzu spät wird?«

»Aber gerne doch!«, freute sich Frau Strackerjahn. »Vor zehn gehe ich doch nie ins Bett.«

»Dann vielen Dank und bis später!«

»Geben Sie gut auf sich acht!«

Im Auto überlegte Merle, ob es einen Zusammenhang zwischen dem Verschwinden Stanislaw Michalskis und dem Tod Boris Kowaljews gab, der vermutlich nach einer Schlägerei im Kanal ertrunken war; die genaue Todesursache würde die Obduktion ergeben. Kowaljew war lettischer Staatsbürger und wurde in Deutschland wegen Beteiligung an einem Banküberfall gesucht, so viel wussten sie bereits. Michalski war vermutlich Pole. Ob er ebenfalls kriminell war, wusste sie nicht. Und selbst wenn er es war, musste nicht notwendigerweise eine Verbindung zu Kowaljew bestehen. Aber es war auf jeden Fall eine Spur, der sie nachgehen musste. Sie würde gleich im Vorstrafenregister nach dem Namen suchen.

Auf dem Weg vom Parkplatz zu dem gesichtslosen vierstöckigen Gebäude des Polizeipräsidiums tippte sie Tresinhas Nummer in ihr Smartphone ein. Nach mehreren

Freitönen erfuhr sie, der angerufene Teilnehmer sei nicht erreichbar. Sie hinterließ keine Nachricht, sie würde es im Laufe des Vormittags wieder versuchen.

Vor dem Fahrstuhl warteten zwei Kollegen und eine Kollegin, die sich eben einen Witz erzählten. Die Pointe war auf Plattdeutsch, so viel konnte Merle schon erkennen – verstehen konnte sie es genauso wenig wie Portugiesisch. Außerdem verspürte sie gerade keine Lust auf platte Pointen, sie hatte einen Fall. Vielleicht sogar zwei. Es gelang ihr, unbemerkt ins Treppenhaus zu huschen. Ohne weiter jemandem zu begegnen, lief sie eilig bis zu ihrem Büro im dritten Stock hinauf. Das erste eigene Büro in ihrer Laufbahn – in diesem Moment war sie wirklich froh darüber. Sie ließ Computer und Laptop hochfahren und versuchte währenddessen erneut Teresa zu erreichen. Wieder vergeblich.

Von ihrem Fenster aus konnte sie normalerweise die Promenade und den Jachthafen sehen. Die Boote waren heute immer noch halb im Nebel verborgen. Die Windböen, die gegen diesen nichts ausrichten konnten, arbeiteten sich an der Hausfassade ab.

Sie fand den Namen Stanislaw Michalski lediglich im Melderegister, er wohnte seit drei Jahren in Geertshaven. Vorstrafen hatte er zumindest unter diesem Namen in Valckenburg keine. Einmal dabei, gab sie auch den Namen Teresa Soares ein, mit dem gleichen Ergebnis. Die beiden lebten nicht unter derselben Adresse, waren aber ungefähr gleich lang im Land.

Kommissar Eike Dallüge klopfte und reichte Merle den Obduktionsbericht herein.

»Todesursache war Ertrinken. Doch vorher hat er einen kräftigen Schlag auf den Kopf bekommen.«

»Und ist dann vermutlich in den Kanal geschubst worden.«

»Genau.«

Dallüge reichte Merle einen zweiten Papierstoß.

»Außerdem habe ich mir die Prozessakte über den Banküberfall ausgedruckt. Unser Freund hat zusammen mit zwei Kollegen vor knapp fünf Jahren in Hildesheim eine Filiale überfallen. Einer der Komplizen, Maik Schulze, wurde als Einziger gefasst und auch als derjenige identifiziert, der einen älteren Kunden mit einem Schlag auf den Kopf schwer verletzt hat. Von den beiden anderen und der Beute – über hundertfünfzigtausend Euro – fehlte bisher jede Spur. Der dritte ist ein Pole: Janusz Tomaszewski. Er ist der Jüngste des Trios, hatte aber vor dem Überfall schon mehrere Jahre in Hildesheim gelebt. Schulze hat seine Strafe verbüßt und wurde in diesem Frühjahr freigelassen.«

»Und hat seine Kumpel gesucht …«

»… und offensichtlich einen gefunden.«

»Gleiche Masche: Schlag auf den Kopf. Nur diesmal gibt es einen Toten.«

»Dann wusste Schulze zu diesem Zeitpunkt offenbar schon, dass Kowaljew die Beute nicht hatte.«

»Also suchen wir jetzt Maik Schulze wegen Totschlags und Janusz Tomaszewski wegen der Beute des Banküberfalls.«

Ihre Vermutung, dass Tomaszewski mit dem 28-jährigen Stanislaw Michalski identisch sein könnte, behielt Merle erst einmal für sich. Doch es war auffällig, dass

Michalski gerade in der Nacht verschwunden war, in der Kowaljew möglicherweise auf seinen ehemaligen Komplizen Schulze getroffen und von diesem, vermutlich nach einem Streit, niedergeschlagen worden war.

Dallüge hatte noch eine Information: »Übrigens ist Kowaljew zweimal zusammen mit Malte Höfer gesehen worden.«

»Höfer? Das ist doch einer der beiden, die sie wegen des Casino-Überfalls verurteilt hatten!«

»Und die seit einem Monat wieder frei sind.«

»Piet Janszon ist gleich außer Landes gegangen. Höfer ist geblieben.«

Tresinha arbeitete im Casino. Ob ihre Angst und Michalskis Verschwinden auch etwas mit Höfer zu tun hatten? Und wenn es eine Verbindung zwischen Höfer und Kowaljew und eine zwischen Kowaljew und Schulze gab, dann vielleicht auch eine zwischen Höfer und Schulze? Und Tresinha immer dazwischen.

Dallüge legte die Papiere auf den Schreibtisch und musterte Merle einen Wimpernschlag länger als sonst. Er war ein paar Jahre älter als sie und eher gemütlich als ehrgeizig, was sich schon äußerlich an einem gepflegten Bart, einer unauffälligen Brille und einem leichten Bauchansatz zeigte. Es hatte ihn offenkundig nicht gestört, eine jüngere Kollegin als Vorgesetzte zu bekommen. Seine Blicke verrieten ihr immer, dass er sie attraktiv fand und zudem jedes neue Kleidungsstück und jede veränderte Frisur registrierte, was man von Lars nicht unbedingt sagen konnte. Eike Dallüge hatte sie überdies selbstverständlich an ihrem neuen Arbeitsplatz eingewiesen und ihr von Anfang an das Gefühl gegeben, dass sie auch um ihrer Fachkompetenz willen geschätzt wurde. Er kam oft und gerne mit zwei Kaffeetassen einen Moment in ihr Büro, und sie diskutierten die aktuellen Angelegenheiten. Doch heute wollte sie alleine sein und das hatte er sofort bemerkt.

»Ich bin nebenan, wenn du mich brauchst.«

»Danke, Eike.«

Kaum hatte er die Tür hinter sich geschlossen, klingelte das Telefon. Hastig nahm sie den Hörer ab.

»Feierabend!«

Auf der anderen Seite wurde kurz geschwiegen, dann meinte eine aufgeräumte Stimme: »In Geertshaven ticken die Uhren wohl etwas anders! Ihr hört offenbar auf, wenn wir anfangen!«

Irritiert runzelte sie die Stirn, dann lachte sie.

»Kriminalhauptkommissarin Merle Feierabend. Ich sitze hier mit einem Tequila Sunrise und genieße den Blick auf das Meer. Und wen muss ich für einen langen, trockenen Arbeitstag bedauern?«

»Nicht nötig, ich liebe meine Arbeit, auch schon am Montag! Kriminalhauptkommissar Ariel Gelderlo, Kriminalpolizei Valckenburg. Unter dieser Nummer hatte ich eigentlich den guten alten Rolf Meyenberg erwartet. Ich hatte ganz vergessen, dass er im Sommer in den wohlverdienten Ruhestand gegangen ist. Stimmt, dann sind Sie unsere Neuerwerbung aus der Bundesrepublik!«

Merle atmete tief durch und lächelte ins Telefon. »Tut mir leid, dass ich nicht der gute, alte Rolf Meyenberg bin. Doch womit kann ich Ihnen helfen?«

»Ich habe Sie darüber zu informieren, dass unser Valckenburger Organist gestern Abend von Unbekannten niedergeschlagen wurde. Er liegt im Koma im Krankenhaus in Geertshaven.«

»Van Heeren?«, fragte sie erschrocken.

»Richtig. Sie kennen ihn?«

»Ich war gestern Abend in seinem Konzert. Wann ist es denn passiert?«

»Kurz danach. Van Heeren war nach dem Konzert noch auf der Empore. Dort bekam er einen Schlag über den Kopf, und mindestens ein altes Notenmanuskript wurde entwendet.«

»Einen Schlag über den Kopf, sagen Sie? So einen Vorfall hatten wir in Geertshaven gestern Abend auch. Das Opfer hat diesmal nicht überlebt. Es wurde tot aus dem Kanal gezogen. Ein lettischer Staatsbürger, uns bisher nicht bekannt, doch in Hildesheim wegen eines Banküberfalls gesucht.«

»Dann sollten wir uns bald einmal zusammensetzen. Ich mache gegen ein Uhr Mittagspause und weiß, wo es in Geertshaven besseres Essen gibt als in der Kantine des Polizeipräsidiums. Ich lade Sie um halb zwei ins *Seepferdchen* ein.«

»Das unauffällige Lokal neben dem Zollamt?«

»Genau.«

»Dann sehen wir uns dort um halb zwei.«

Kaum hatte sie den Hörer aufgelegt, waren ihre Gedanken wieder dort, wo der Valckenburger Kollege sie unterbrochen hatte: bei Tresinha Soares. Sie stand auf, zog ihren Mantel an, steckte das Mobiltelefon ein und verließ den Raum. Sie schaute kurz in das Nachbarbüro, das Dallüge sich mit einem weiteren Kollegen teilte, und meldete sich ab: »Ich gehe eine Adresse überprüfen und bin dann ab halb zwei mit dem Valckenburger Kollegen zum Essen verabredet, falls ich nicht vorher nochmal vorbei schaue.«

Dallüge zog die Brauen hoch: »Gelderlo? Gegen den Valckenburger Adel kann ich natürlich nicht anstinken! Aber der weiß wirklich, wo man gut isst!«

Mit einem bedauernden Lächeln erwiderte sie: »Dafür lade ich dich heute Nachmittag zum Kaffee ein und berichte dir.«

»Neue Kollegen im Polizeipräsidium: Lars van Huizen und Merle Feierabend.« Der Infobrief der Valckenburger Polizei zeigte ein Foto der beiden und wusste zu berichten, dass van Huizen nach mehreren Jahren in Heidelberg nun als Leiter des Dezernats Wirtschaftskriminalität an seine alte Dienststelle in Geertshaven zurückgekehrt sei – zusammen mit seiner deutschen Kollegin und Lebensgefährtin Merle Feierabend (29).

»*Das Goldene Blatt* der Valckenburger Polizei!«, schmunzelte Ariel Gelderlo. Er musste zugeben, dass es sich ab und zu doch lohnte, den Infobrief zu lesen. Das letzte Mal, dass er einen kurzen Blick hineingeworfen hatte, war mindestens drei Jahre her. Doch diese Merle Feierabend war eindeutig die junge Frau, die ihm nach dem Konzert in Maria Magdalenen aufgefallen war. Hübsch und schlagfertig – und als langjährige Chorsängerin, wie dem Infobrief ferner zu entnehmen war, hatte sie offensichtlich keine Berührungsängste vor klassischer Musik in alten Kirchen. Die Zusammenarbeit versprach interessant zu werden!

Das Telefon klingelte. Ariel erfuhr von einem Einbruch

im Schlossmuseum und einem niedergeschlagenen Wachmann. Und ausgerechnet der Ring der Gräfin fehlte. Sein Jagdtrieb erwachte. Im Geiste sah er seine Mutter, die ihm funkelnd zu verstehen gab: »Ariel, ich gehe davon aus, dass du dieses Erbstück unserer Familie wiederbeschaffst!«

Er grinste. Das verstand sich doch von selbst! Und da Geverdingen noch eine Weile mit nutzlosen Befragungen rund um den Kirchplatz beschäftigt sein würde, griff der Kriminalhauptkommissar nach Hut und Mantel und machte sich persönlich auf den Weg zum Schloss. Seine Mutter würde als Vorsitzende des Kuratoriums vermutlich schon dort sein.

Sie war es – und empfing ihn mit den Worten: »Na, das wurde auch Zeit!«

»Schönen guten Morgen, Mutter. Wieso bist du eigentlich schon hier?«

»Und wieso bist *du* jetzt erst hier? Aber die Valckenburger Polizei hat noch nie etwas getaugt.«

Mit einem freundlichen Lächeln wandte Ariel sich dem Museumsdirektor zu. Er kannte Brand als die Ruhe selbst, geradezu cool, an dem gewöhnlich jede Aufregung abzuprallen schien. Doch jetzt spiegelte sein Gesicht Panik.

»Eine nationale Katastrophe, nicht wahr?«, meinte Ariel mitfühlend.

»Ach, der Ring, meinen Sie?«, entgegnete der Museumsdirektor zu Ariels Überraschung. »Eine nationale Katastrophe, in der Tat. Aber ein Gegenstand. Der Gesundheitszustand des Wachmanns macht mir viel größere Sorgen. Der Mann war schon auf dem Weg ins Krankenhaus, als ich kam. Ich habe keine Ahnung, wie es ihm geht.«

»Warum hatten Sie überhaupt Wachpersonal eingestellt? Gab es wegen der Bauarbeiten Schwierigkeiten mit der Alarmanlage?«

»Genau. Wenn es nur der neue barrierefreie Eingang wäre! Aber wir erneuern die gesamte Elektrik und Elektronik im Haus: die Beleuchtung, die Klimaanlage – und die Alarmanlage war ohnehin sehr störanfällig und soll jetzt im Zuge der Arbeiten komplett erneuert werden. Dabei wird immer wieder auch die Hauptsicherung ausgeschaltet – deshalb haben wir den Wachdienst seit zwei Wochen Tag und Nacht im Gebäude.«

»Das heißt, ein aufmerksamer Beobachter konnte sich seine Chance ausrechnen.«

»Die gleiche Aufmerksamkeit wünschte ich manchmal der Polizei!«, brachte die alte Dame ihre Gegenwart wieder in Erinnerung. »So weit konnte es kommen, dass die Diebe am helllichten Tag einfach ins Schloss spazieren und den Ring meiner Urururururgroßmutter stehlen!«

Mit seinem sonnigsten Lächeln fragte ihr Sohn: »Mutter, was hast du noch Gutes im Weinkeller? Ich komme heute Abend mal auf ein Gläschen vorbei.«

»Nicht dass das zur Gewohnheit wird. In diesem Jahr warst du doch schon einmal bei mir. Außerdem hätte ich eher erwartet, dass du deine Aufmerksamkeit einem anderen Personenkreis zuwendest. Oder stehe ich auf der Liste der Verdächtigen?«

Ariel erwiderte unschuldig: »You never know!«

Seine Mutter hielt ihm mit gespielt blasierter Miene die Wange zum Abschiedskuss hin. Nachdem sie gegangen war, setzte er seine Befragung des Direktors fort und besichtigte mit ihm gemeinsam den Tatort, an dem die Beamten der Spurensicherung ihre Utensilien schon zusammenpackten. Oskar Heidenburg baute sich zufrieden schnaufend vor dem Kommissar auf: »Lange nicht gesehen, Chef, und doch gleich wiedererkannt. Folgen Sie mir mal unauffällig. Will Ihnen was zeigen.«

Er ging ihnen voraus zu einem barocken Gartenhäuschen, vor dem ein Beamter Wache stand.

»Bin sicher, hier war dasselbe Trampeltier am Werk wie auf der Orgelempore. Meine Leute haben ihre Arbeit schon gemacht, aber diesen Anblick wollte ich Ihnen nicht vorenthalten.«

Die Tür war aufgebrochen, eine Bierdose lag auf dem Boden, und in einer Ecke roch es nach Urin. Im Kamin fanden sich Zigarettenstummel.

»Alles gesehen, Chef?«, fragte der Spurenexperte. »Dann möchte ich meine kleine Führung gerne im Obergeschoss fortsetzen. Da wird's richtig spannend.«

Er führte sie über eine Außentreppe nach oben. Dort war eine Scheibe neben der Tür eingeschlagen und das Fenster stand offen. Sie folgten Heidenburg in einen kleineren Raum, der ebenfalls einen Kamin besaß. Auf dem Boden lag ein achtlos dahingeworfenes schmuckloses Kästchen, welches er aufhob und seinen beiden Begleitern zeigte.

»Das ist alt«, stellte Ariel fest, und Brand bestätigte: »Sehr alt, wahrscheinlich frühes neunzehntes Jahrhundert.«

Sie wurden durch einen Anruf auf Brands Mobiltelefon unterbrochen. Der Museumsdirektor wurde blass, wie Ariel beobachtete, beendete das Gespräch und sagte mit tonloser Stimme: »Sie konnten dem Wachmann nicht mehr helfen.«

Erneut registrierte Ariel, dass der Einbruch den Direktor weit weniger zu beschäftigen schien als das Schicksal des Wächters. Natürlich ein sympathischer Zug.

Als der Spurenexperte sich der Aufmerksamkeit seines Publikums wieder gewiss sein konnte, bemerkte er mit geradezu übertriebener Gleichgültigkeit: »Die Spuren unten sind mit denen im Schloss und in der Kirche identisch. Aber hier oben sind andere. Stiefel Größe fünfundvierzig. Unser Trampeltier lebt auf kleinerem Fuß.«

Ariel zog die Augenbrauen hoch: »Also haben wir es mit zwei Tätern zu tun?«

Heidenburg zuckte erst nur mit einer Schulter, bestätigte dann aber: »Das Trampeltier und ein Kunstkenner.«

»Kunstkenner?«

Mit gelangweilter Miene zog der kleine runde Mann eine Tüte mit einem abgerissenen Stück Papier aus der Jackentasche und reichte sie dem Kriminalkommissar. Es handelte sich um die Fotokopie eines gedruckten Orgelstücks mit handgeschriebenen Fingersätzen und Vortragszeichen. Ariel reichte die Tüte an den Museumsdirektor weiter, der laut vorlas, was mit Bleistift an den Rand des Blattes geschrieben war: »Eins Komma fünf Millionen Lösegeld. Anruf folgt.«

Beiläufig bemerkte Heidenburg: »Ach, übrigens: Das lag auch noch dabei.«

Er holte eine weitere kleine Tüte aus seiner Jackentasche. In ihr befand sich ein traumhaft schöner Ohrring aus einem Saphir, der von Diamanten umgeben war. Ariel pfiff leise.

»Der Ohrring der Gräfin!«

Tresinhas Wohnung lag der Klingel zufolge vermutlich im zweiten und obersten Stock eines Hinterhauses, das unter einem dritten Stock ohnehin in sich zusammengefallen wäre. Die filmreife Kulisse wurde vervollständigt durch überfüllte Mülltonnen, für deren Leerung sich offenbar niemand zuständig fühlte, eine struppige Katze auf der Suche nach den alten Fischköpfen, nach denen es im Hof roch, sowie Scherben, die unter Merles Schuhen knirschten. Die verschiedenen Türklingeln waren teilweise aus ihren Fassungen gerissen und baumelten an den Drähten. Die Schilder waren mehrfach überklebt und entweder ausgeblichen oder in arabischen Lettern beschriftet. Tresinhas Klingel war dagegen auffällig sauber und schien funktionstüchtig. Ob sie es aber tatsächlich war, konnte Merle nicht ausmachen, da ihr auch nach mehrmaligem Läuten nicht geöffnet wurde.

Die ebenfalls in die Jahre gekommene Haustür aus Drahtglas mit Alurahmen schloss nicht mehr richtig. Merle drückte den schwarzen, quadratischen Kunstharzgriff und hatte daraufhin das Bedürfnis, sich die Hand am Mantel abzuwischen. Der Hausflur war gereinigt worden – zuletzt vor ungefähr zwei Jahren.

Eigentlich war das Anwesen abbruchreif, doch solange noch jemand bereit war, die sicher überteuerten Mieten zu zahlen, würde der Hausbesitzer keine Veranlassung sehen, am Zustand des Gebäudes etwas zu ändern. Aber Häuser verkommen zu lassen, verstieß ja gegen kein Gesetz, dachte Merle grimmig.

Zwei Männer in Trainingshosen und mit Daunenstepp-jacken über den beachtlichen Bäuchen kamen ihr über die

Treppe entgegen und grüßten sie freundlich. Sie erwiderte den Gruß und erkundigte sich nach Teresa Soares.

»Was ist los?«, fragte der eine überrascht. »Alle suchen Tresinha!«

»Sie hat im Lotto gewonnen«, warf Merle beiläufig hin.

»Echt? Nee!«

»War der Typ vom Lottoverein?«

»Bestimmt war das mein Kollege! Den erkennt man immer am grauen Anzug und der schönen Krawatte!«

»Nee, so sah der nicht aus!«

»Eh, Alter, der hatte Glatze und Tattoo!«

»Der wollte Geld haben, keins bringen!«

»Eh, ohne Scheiß: Du bist von Kripo, oder?«

»Und du hast was auf dem Kerbholz, dass du das so schnell erkennst?«

Der Angesprochene grinste: »Alles sauber, Schwester!«

»Okay, wenn alles sauber ist, dann gebt mir doch bitte mal eine Personenbeschreibung von dem Herrn mit der Glatze und den Tattoos.«

Sie erfuhr folgende Merkmale über den Mann, der sich tags zuvor ebenfalls vergeblich nach der Portugiesin erkundigt hatte: Mitte bis Ende vierzig, durchtrainiert, Narbe über der linken Gesichtshälfte, hohe, heisere Stimme, Typ Rocker, hatte sich nicht lange mit Höflichkeitsfloskeln aufgehalten. Ihre beiden gewitzten Informanten waren Bulgaren, die schon etliche Jahre in Geertshaven lebten – »Mit unserm Pass alles in Ordnung!« Der eine wohnte mit Frau und kleinem Kind in der winzigen Nachbarswohnung von Tresinha, der andere war sein Bruder und gerade zu Besuch. Sie müsse unbedingt mal auf einen guten bulgarischen Kaffee vorbeikommen, den die junge Frau des einen vorzüglich zuzubereiten verstehe.

Merle Feierabend bedankte sich. Auf dem Weg zurück zur Hauptstraße versuchte sie erneut vergeblich, Tresinha über das Handy zu erreichen, und schrieb ihr dann eine SMS mit der Bitte, sich zu melden.

Mit der Personenbeschreibung, die ihr die beiden freundlichen Bulgaren gegeben hatten, konnte sie die jetzt schon geöffneten Hafenkneipen abklappern. Vielleicht hatte dort jemand Schulze gesehen. Die Beschreibung passte gut zu dem Foto und den Angaben in der Prozessakte aus Deutschland. Sie fuhr zurück zum Polizeipräsidium, holte das Foto aus ihrem Büro und verriet Dallüge so viel, dass sie eine Spur habe.

Pastorin Dörte Böhnisch beschloss, ab sofort ihr Leben zu ändern. Sie zog einen Anorak an, fand in den Tiefen ihres Schuhschranks feste Stiefel, zog sich eine Wollmütze tief in die Stirn und trotzte dem Nebel mit einer Sonnenbrille. In der Hoffnung, dass sie so niemand erkennen würde, machte sie sich auf den Weg zur alten Mole. Da sie es nach Rücksprache mit dem Geertshavener Krankenhaus als wenig zielführend empfand, ihrem immer noch bewusstlosen Organisten die Hand zu halten, hatte sie entschieden, eine große Runde zu walken. Das Mittagessen würde heute ausfallen.

Für Heiligabend hätte sie der Gemeinde eine gute und eine schlechte Nachricht zu überbringen. Zuerst die schlechte: Niemand würde van Heeren an der Orgel vertreten. Die gute: Niemand würde van Heeren als Chorleiter vertreten.

Bei diesen Gedanken über ihren Kirchenmusiker kamen ihr doch Gewissensbisse. Er lebte allein und völlig zurückgezogen und konnte im Grunde nur über Musik kommunizieren. Das machte ihn zu einem begnadeten Organisten, jedoch im menschlichen Kontakt schwierig, worunter vor allem der stark ausgedünnte Chor zu leiden hatte, dem wenig mehr als die langjährigen und entsprechend nicht mehr jüngsten Mitglieder geblieben waren. Fand van Heeren jedoch jemanden, der sich für dieselbe Musik begeisterte wie er, dann konnte er regelrecht aufblühen. Vor allem, wenn man seine Kompositionen zu würdigen wusste. In ihnen zeigte er Seiten, die sonst verborgen blieben. Da gab es etwas Zartes, Träumerisches, das keiner bei dem oft schroffen und abweisenden Musiker vermutet hätte. Ihm fehlte einfach ein Gegenüber.

Bei ihr selbst sah es doch nicht viel anders aus. Sie war von morgens bis abends um ihre Gemeinde besorgt. Ihre persönlichen Kontakte waren – von der monatlichen Doppelkopfrunde abgesehen – ziemlich auf der Strecke geblieben. Das musste sich ändern. Bisher hatte sie ihr Amt nur als verständnisvolle Seelsorgerin ausgefüllt und die Verhältnisse so hingenommen, wie sie sie vorgefunden hatte. Jeder von ihrem Vorgänger eingeführte Gemeindekreis und jede langjährige Tradition waren ihr eine selbstverständliche Verpflichtung. Jedem Anspruch versuchte sie möglichst gerecht zu werden. Dabei hatte sie durchaus Ideen gehabt, wie das Gemeindeleben hätte gestaltet und belebt werden können. Aber man musste doch Rücksicht nehmen auf die treuen Gemeindeseelen. Heute wusste sie, dass ihre Feigheit sie zurückgehalten hatte. Das musste sich ändern.

Und was nun die Doppelkopfrunde anging: gute Freunde, doch kein Ersatz für den fehlenden Partner oder für das fehlende Gegenüber in der Gemeinde. Drei Menschen, die für das Wohl und Wehe ihres Ländchens brannten. Doch was ging es die in Oldenburg groß gewordene Pfarrerin letztendlich an, mit welchen Schachzügen man Valckenburgs klamme Kassen wieder füllen konnte? Sie war erst mit der Übernahme der Pfarrstelle hierhergekommen. Ihre Großeltern hatten gelegentlich mit ihr einen Ausflug nach Valckenburg gemacht, und in Erinnerung daran hatte sie die schöne alte Stadt auch später gerne einmal besucht. Aber seit sie hier lebte und arbeitete, hatte Valckenburg ihr wenig Anlass geboten, sich persönlich an Land und Leute zu binden. Sie interessierte nicht als Person, sondern in ihrer Funktion und Rolle. Auch das musste sich ändern.

Als Dörte Böhnisch an der Mole ankam, wählte sie den neuen Deichweg zwischen Valckenburg und Geertshaven. Dieser war breit und gerade und im Nebel sicherer zu gehen. Auf dem klein gemahlenen Muschelkies ließ es sich gut laufen. Bei schönem Wetter tummelten sich hier Radfahrer, Skater und Spaziergänger; auch die Hunde der beiden Städte wurden gerne auf diesem Weg ausgeführt. Heute hatte sie ihn ganz für sich.

Der gleichmäßig zügige Schritt brachte ihr aufgewühltes Gemüt zur Ruhe und half, ihre Gedanken zu ordnen. Manchmal hörte sie das Wasser der Bucht, das sie nur erahnen konnte, leise schwappen und klatschen. Ihr anfänglicher Unmut löste sich im Nebel auf, und die darunterliegende Unzufriedenheit nahm deutlichere Konturen an. Sie überlegte, welchen ersten Eindruck sie bei jemandem hinterlassen würde, der sie jetzt erst kennenlernte: vermutlich eine gewisse Bitterkeit und Resignation – von ihrem Äußeren einmal ganz abgesehen, mit dem sie schon länger nicht mehr einverstanden war.

Wie anders hatten sie seinerzeit ihre Kommilitonen in Hamburg und Heidelberg erlebt: neugierig und lebenslustig, eine hingebungsvolle Tänzerin. Was immer man unternahm, Dörte durfte nicht fehlen; und die pfiffigsten Ideen kamen oft von ihr. Davon war wenig übrig geblieben. Sehr wenig. Gar nichts. Das musste und würde sich ändern.

Doch bei genauerer Betrachtung wurde sie verrückten Einfällen gegenüber immer noch schwach, das hatte sich ja gerade in der Doppelkopfrunde gezeigt. Für sich genommen, war das noch keine positive Eigenschaft und bot ihr keine Lösung ihrer jetzigen Probleme. Jeden Morgen eine kleine Runde laufen, das konnte ein Anfang sein. Gewohnheiten ändern, häufiger innehalten und das eigene Tun hinterfragen: Ist das jetzt wichtig? Wozu soll es dienen?

Im Vikariatskurs hatte man ihnen mit auf den Weg gegeben, dass drei kleine Worte ausreichten, um im Pfarramt zu bestehen: Ja. Nein. Ich. In Zukunft würde sie das stärker beherzigen.

Ihre Gedanken fanden wie von selbst zum 1. Psalm: Wohl dem, der nicht wandelt im Rat der Gottlosen noch tritt auf den Weg der Sünder noch sitzt, wo die Spötter sitzen, sondern hat Lust am Gesetz des HERRN und sinnt über seinem Gesetz Tag und Nacht! Der ist wie ein Baum, gepflanzt an den Wasserbächen, der seine Frucht bringt zu seiner Zeit, und seine Blätter verwelken nicht. Und was er macht, das gerät wohl.

Ihre Andacht wurde durch einen entfernten Schrei unterbrochen. Eine Frauenstimme. Noch einmal schrie sie und verstummte dann plötzlich. Dörte Böhnisch blieb abrupt stehen und starrte angestrengt in den Nebel. Es blieb still. Nachdem nichts mehr zu hören war, machte sie sich beunruhigt auf den Rückweg. Die ganze Zeit fragte sie sich: Was ist da passiert? Ist überhaupt etwas passiert?

SCHERZO SPIRITUOSO

Das Wirtshausschild in Form eines Seepferdchens schwang sanft im Seewind. Der Nebel hatte sich gelichtet. In einem Sonnenfleck unter dem Schild stand Merle Feierabend und sah in ihrem kurzen schwarzen Mantel und den grünen Lederhandschuhen äußerst dekorativ aus, wie Ariel genießerisch feststellte. Schwungvoll brachte er den Volvo direkt vor ihr im Halteverbot zum Stehen und stieg aus.

Sie hielt die Arme verschränkt und eine Hand unter das Kinn gelegt, mit kritisch verschmitztem Blick.

»Sie sind das also. Offenbar mögen wir beide ein gutes Orgelkonzert.«

Sie wedelte mit der Hand zu seinem Wagen hin.

»Bleibt der da stehen?«

Er zog in gespielter Verwunderung die Augenbrauen

hoch: »Ich stehe immer hier! Dieser Platz ist immer frei, wenn ich komme!«

Sie lachte: »Was soll's, ich bin ja nicht von der Verkehrspolizei.«

»Sie erinnern mich daran, dass ich denen mal wieder einen ausgeben muss. Ich fürchte, der Wagen hat schon eine eigene Akte.«

»Die Valckenburger Polizei verlässt sich also auf die Bestechlichkeit der Geertshavener.«

»Hauptstadtcharme. Darf ich bitten?«

Er öffnete ihr die Tür zu dem kleinen Lokal, dessen einziger Raum voll besetzt war – bis auf den kleinen Tisch etwas am Rand, den Ariel hatte reservieren lassen. Er beobachtete, wie seine Kollegin sich die Handschuhe von den Fingern streifte und sich dabei anerkennend umschaute. Es schien ihm tatsächlich gelungen, sie mit diesem Lokal zu überraschen.

»Ich hatte eine enge und dunkle Grotte erwartet«, gestand sie, »mit Plastikkrabben in Fischernetzen, die von der Decke hängen, und an den Wänden düstere Ölgemälde, die man kaum noch erkennen kann.«

»Bis vor einem Jahr sah es hier tatsächlich ungefähr so aus. Dann hat der Besitzer gewechselt.«

Seitdem schätzte Ariel Gelderlo am *Seepferdchen* neben dem ausgezeichneten Essen die schlichte Eleganz, und er freute sich, dass Merle Feierabend dafür auch empfänglich war. Die weiß getünchten Wände waren fast schmucklos, auf den einfachen Holztischen lagen gestärkte weiße Leinendecken. Die nüchterne und doch einladende Atmosphäre, unterstützt von einem unaufdringlichen Duft nach Fisch und Kräutern, bedeutete dem Gast, dass alles hinter ihm und seinem Wunsch nach einer guten Mahlzeit zurückstand.

Merle Feierabend entschied sich für das Zanderfilet. Der Kellner fragte Ariel mit einem kaum wahrnehmbaren verschwörerischen Lächeln: »Für Sie das Übliche?«

Ariel nickte: »Gerne. Und dazu Ihren guten badischen Grauburgunder. – Nur ein Viertel mit zwei Gläsern«, setzte er hinzu, als er die hochgezogenen Augenbrauen seiner Kollegin sah. »Im Wasser war der Fisch schon zu Lebzeiten. Jetzt hat er eine edlere Flüssigkeit verdient.«

Während sie auf das Essen warteten, begann Ariel, die bisher bekannten Details vom Überfall in der Kirche und dem Einbruch im Schloss zu berichten. Er unterbrach sich, als der Kellner zwei identische Gerichte vor ihnen absetzte. Merle Feierabend lachte: »Ich habe also Ihr ›Übliches‹ bestellt!«

Er hob das Glas: »Wir haben mehr gemeinsam, als man auf den ersten Blick vermutet!«

Sie stieß mit ihm an.

»Auf gute Zusammenarbeit!«

Die ersten Bissen des Zanderfilets genossen sie schweigend. Dann nahm Ariel seinen Bericht wieder auf: »Zunächst glaubte ich, nur der Ring sei gestohlen, wobei der ja schon ein nationales Kleinod ist. Jetzt sieht es aber so aus, als hätten die Täter – den Spuren nach sind es nämlich mindestens zwei – den gesamten Brautschmuck gefunden und mitgenommen.«

»Den Brautschmuck der Gräfin, der seit über zweihundert Jahren verschollen ist? Gibt es Hinweise darauf, dass er gefunden wurde?«

»Es gibt bereits eine Lösegeldforderung für den ganzen Schmuck. Sie lag im Pavillon des Schlosses. Einer der Ohrringe aus dem Brautschmuck lag als Unterpfand dabei.«

»Sind Sie sicher, dass es der echte Ohrring der Gräfin ist?«

»Ich bin kein Experte, aber ich verlasse mich auf Brands Urteil und meinen Augenschein.«

»Wie hoch ist denn die Forderung?«

»Anderthalb Millionen Euro.«

Merle Feierabend pfiff leise und schlug dann vor: »Zu übergeben in einem roten Koffer.«

Ariel grinste: »Selbstverständlich. Das machen wir hier immer so.«

»Aber ich fürchte, wenn überhaupt, bekommen wir dafür den Schmuck nur in einer schäbigen Plastiktüte.«

»Die heutigen Verbrecher sind allgemein recht stillos geworden!«, bestätigte Ariel elegisch seufzend. »In unserem Fall gilt das zumindest für einen der beiden Täter. Der andere scheint etwas mehr Stilgefühl zu haben. Da könnte der rote Koffer zum Einsatz kommen.«

»Der stillose Grobian dagegen hat übrigens höchstwahrscheinlich einen polizeibekannten Namen: Maik Schulze.«

»Hängt der mit dem Hildesheimer Banküberfall und dem Toten aus dem Kanal zusammen?«

»Ja.«

»Schießen Sie los!«

Aufmerksam lauschte Ariel ihrem ausführlichen Bericht. Dann fragte er: »Und die Personenbeschreibung, die Ihnen die beiden netten Bulgaren gaben, deckt sich mit den Angaben aus Hildesheim?«

»Ich habe mir danach die Fotos aus Schulzes Akte geholt und den Geertshavener Kneipen einen Besuch abgestattet. Etwa in der zehnten bin ich fündig geworden. Schulze hat sich dort gestern Nachmittag nach seinen ehemaligen Kumpanen Janusz Tomaszewski und Boris Kowaljew erkundigt.«

»Und dann Kowaljew getroffen, ihm nach kurzer Meinungsverschiedenheit eins über den Schädel gegeben und ihn in den Kanal befördert.«

»Kowaljew hatte die Beute vom Überfall offenbar nicht. Also musste Tomaszewski sie haben. Der ist auffällig rothaarig. Schulze hatte es nicht schwer, ihm auf die Spur zu kommen. Ein reichlich vollgetankter Gast am Tresen hatte gleich gerufen: ›Das ist doch Stani, unser Feuermelder! Der mit der hübschen kleinen Portugiesin!‹ Tomaszewski hat sich hier Stanislaw Michalski genannt und ist der Freund von Teresa Soares.«

»Und zu der ist Schulze dann auch gegangen, hat sie jedoch verpasst.«

»Ja, sie muss schon im Casino gewesen sein.«

»Das hat ihm aber nicht lange die Laune verdorben, und er hat sich nach Valckenburg aufgemacht zum nächsten Streich.«

»Und nachdem der so gut lief, kam der dritte Streich.«

»Mit dem ihm und seinem Mittäter ein richtiger Coup gelungen ist.«

»Aber in der Kirche war er noch alleine?«

»Vielleicht hat der andere draußen Schmiere gestanden.«

»Wie seltsam, dass nicht schon früher jemand den Schmuck gefunden hat.«

»Im Gartenhaus neben dem Schloss hat offenbar noch nie jemand gesucht.«

»Welch ein Glück für unseren Schläger, dass er van Heeren das richtige Notenpapier entreißen konnte!«

»Und dass der andere so viel Grips besaß, um das Papier richtig zu interpretieren.«

»Wahrscheinlich hat sie eher die Gier geleitet als der Grips.«

»Trotzdem müssten sie die alte Schrift entziffert haben.«

»Es wird eine Zeichnung dabei gewesen sein.«

Irgendetwas stimmte bei dieser Geschichte nicht. Ariel sah am zweifelnd verzogenen Gesicht seiner Kollegin, dass es ihr damit nicht anders ging. Doch dann schien sie ihre Zweifel beiseitezuschieben und fragte: »Was stand denn nun eigentlich genau in der Lösegeldforderung?«

»Nur, dass anderthalb Millionen verlangt werden, und dass über einen Anruf weitere Informationen erfolgen.«

»Wer wird für das Geld aufkommen?«

»Der Ring, den das Museum bereits besaß, ist versichert. Den Rest muss der Staat aufbringen. Zur Stunde berät das Kuratorium.«

»Einer der beiden Täter ist also wahrscheinlich noch in der Nähe. Oder sie bedienen sich eines Kuriers.«

Sie beendeten ihre Mahlzeit in nachdenklichem Schweigen. Dann meinte Merle Feierabend: »Ich habe mich gestern Abend gefragt, warum ich eigentlich so bereitwillig auf das Treffen mit Teresa Soares eingegangen bin.«

»Der Mangel an interessanten Fällen?«

»Sie kennen das also.«

Er betrachtete sie mit einem zustimmenden Grinsen. Ja,

das Leben in Valckenburg und selbst in Geertshaven zeichnete sich am ehesten durch freundliche Beschaulichkeit aus, vor allem, wenn die Touristen im Winter die Einwohner mehr oder weniger sich selbst überließen. Da konnte man sich schon langweilen, vor allem, wenn man jung war.

Mit leicht gerunzelter Stirn setzte sie fort: »Nachdem Tresinha nun schon mehrmals versucht hat, Kontakt zu mir aufzunehmen und inzwischen gar nicht mehr antwortet, mache ich mir langsam Gedanken.«

»Tresinha, das klingt ja schon sehr familiär.«

Sie lachte. Ihm gefiel ihr Lachen. Überhaupt gefiel ihm diese Kollegin.

»Ja, so hat sie sich mir gestern vorgestellt.«

»Das Casino war vor anderthalb Jahren sehr in den Schlagzeilen.«

»Der Überfall. Ja, ich habe die Akte aufmerksam studiert. Sehr ergiebig ist sie freilich nicht. Lediglich die Urteile gegen Janszon und Höfer sind von einem gewissen Interesse, obwohl sehr viele Fragen offen bleiben. Es waren bestimmt noch mehr Personen beteiligt oder zumindest eingeweiht. Möglicherweise arbeiten sie noch im Casino.«

Ariel lächelte.

»Bei Sweelinck? Der hält seinen Laden sauber und hat dafür seine besonderen Methoden. Sonst wäre der Überfall damals wahrscheinlich gelungen. Erst vor wenigen Monaten hat er übrigens eine junge Spanierin vor die Tür gesetzt und wird seine Gründe dafür gehabt haben. Wer weiß, ob Tresinha nicht auch in die Geschichte verwickelt ist.«

»Sie hat jedenfalls großen Respekt vor ihrem Chef.«

Der Kellner fragte, ob er abräumen dürfe. Bei einem

Espresso bekam ihr Gespräch eine persönlichere Note. Ariel hoffte, dass er in Zukunft häufiger die Gelegenheit hätte, mit seiner Kollegin auf diese Weise Informationen zusammenzutragen. Gerne wieder bei einem angenehmen Mittagessen, wenn es nach ihm ging.

Als Merle Feierabend den Flur im dritten Stock des Polizeipräsidiums betrat, kam Dallüge aus seinem Büro auf sie zu. Er schaute auf die Bäckertüte in ihrer Hand und meinte bedauernd: »Leider müssen wir unser Kaffeetrinken noch ein bisschen verschieben. In deinem Büro wartet jemand auf dich.«

Sie reichte ihm die Tüte.

»Die kannst du ja schon mal nehmen. Ich mach's kurz!«

»Die Valckenburger Pastorin hat sich zu dir verirrt. Das wird eher nicht so kurz!«

»Der Kuchen schmeckt auch noch nachher.«

Ein wenig unwillig betrat sie ihr Büro. Sie hatte vermutet, Pastorin Böhnisch gelegentlich von Weitem in Sankt Maria Magdalenen gesehen zu haben. Doch die Frau, die im Büro auf sie wartete und sich bei Merles Eintreten erhob, hätte sich ihr eingeprägt, ihre Erscheinung war nicht zu übersehen. Sie strahlte eine geheimnisvolle Attraktivität aus, derer sie sich freilich nicht bewusst schien. In ihren leuchtend blauen Augen ließen sich Reste einer Leidenschaft erahnen, die einmal sehr lebendig gewesen sein mochte. Eine große Herzenswärme schien ihr geblieben zu sein, von der sie in ihrem Amt sicher gut Gebrauch machen konnte. Merle fühlte sich zu der Pastorin hingezogen. Ihr Unwille über die Störung wich überraschter Neugier.

Mit einem freundlichen Lächeln fragte sie: »Was führt Sie zu mir?«

»Ich weiß gar nicht, ob ich überhaupt bei Ihnen richtig bin. Es tut mir leid, wenn ich Sie störe.«

Merle lachte: »Sie wollen doch jetzt nicht gleich wieder gehen, bevor Sie mir Ihr Anliegen vorgebracht haben? Setzen Sie sich doch bitte wieder. Ich habe Zeit, und Sie haben mich neugierig gemacht!«

Die Pastorin folgte der Aufforderung, nahm jedoch nur auf der Vorderkante des Stuhls Platz. Merle setzte sich ihr gegenüber an den kleinen Besprechungstisch und lehnte sich in ihrem Stuhl zurück.

»Ich hätte mich wahrscheinlich einfach ans Polizeirevier wenden sollen. Da hätte man mich sicher freundlich angehört, um mir dann zu sagen: ›Sie haben also Stimmen im Nebel gehört.‹«

Merle lachte auf: »Haben Sie denn Stimmen im Nebel gehört, Frau Pfarrerin?«

Ihre Besucherin zögerte einen Moment, dann berichtete sie: »Ich habe aus einiger Entfernung zwei durchdringende Schreie gehört. Von einer Frauenstimme. Während ich versuchte, mich auf dem Deichweg in Form zu bringen. Aber in dem Moment waren alle meine guten Vorsätze dahin. Ich habe nur noch wie erstarrt dagestanden. Eine Weile habe ich gelauscht, aber dann kam nichts mehr.«

Merle war ernst geworden und griff zu Notizblock und Stift.

»Können Sie sich noch an die Uhrzeit erinnern?«

»Kurz nach neun, schätze ich.«

»Auf welcher Höhe des Deichwegs?«

»Das konnte ich bei dem Nebel nicht genau feststellen, aber wahrscheinlich in der Nähe des Anlegestegs.«

»Also könnten die Schreie auch von einem Boot gekommen sein.«

»Einen Bootsmotor habe ich allerdings nicht gehört, obwohl ich noch eine ganze Weile still gelauscht habe.«

»Und die Stimme: war sie eher die einer jungen oder einer älteren Frau?«

»Eher jünger, aber auch keine Mädchenstimme. Aber vielleicht war es auch eine Möwe. Ich wusste am Ende gar nicht mehr, was ich eigentlich gehört hatte.«

»Wie lange, glauben Sie, haben Sie da gestanden?«

»Es kam mir vor wie eine Ewigkeit. Aber sicher waren es nicht mehr als fünf Minuten. Dann habe ich mich ganz leise auf den Rückweg gemacht.«

Merle legte den Block auf den Tisch.

»Ich danke Ihnen, dass Sie mir das erzählt haben. Ich werde der Sache nachgehen. Das war eine wertvolle Information. Gerne hätte ich sie etwas früher gehabt – aber ich war ja selbst nicht da.«

»Ich war sehr verunsichert und wohl auch verstört.«

»Verstehe ich. Es war Nebel, Sie haben nichts mehr gehört. Und da haben Sie sich gefragt, ob Sie sich das Ganze nur eingebildet hatten.«

»Genau. Das war der Grund, warum ich nicht gleich auf das Polizeirevier gegangen bin.«

»Aber wie kamen Sie auf mich?«

»Ich habe mich schließlich einer guten alten Freundin anvertraut.«

»Und die kennt mich?«

»Ich glaube, nicht persönlich. Aber Sie hat offenbar Gutes von Ihnen gehört. Und wir dachten beide, eine Frau würde mir eher Glauben schenken.«

»Verraten Sie mir den Namen Ihrer Freundin?«

»Béatrice Gelderlo.«

»Ist sie zufällig mit meinem Kollegen, Kommissar Gelderlo, verwandt?«

»Ja, sie ist seine Mutter.«

»Ah, genau: die Doppelkopfrunde! Wegen der mich de Vries gestern im Orgelkonzert versetzt hat.«

Zum ersten Mal lachte Pastorin Böhnisch.

»Hier spricht aber jetzt nicht die Kommissarin!«

»Es war übrigens ein sehr schönes Konzert. Schade, dass es ein so bitteres Nachspiel hatte.«

»Ich hoffe, van Heeren kommt durch.«

»Das hoffen wir alle. Ist denn die Vertretung geregelt?«

»Nein, gar nicht.«

Merle dachte einen Moment nach.

»Vielleicht könnte ich Ihnen helfen.«

Béatrice Gelderlo legte ihre Patience-Karten auf dem Tisch aus und überlegte sich, dass Gott eigentlich ein Spieler war. Wie hatten sie sich anmaßen können, ihn zum Spiel herauszufordern! All ihre schönen Pläne waren durchkreuzt, und aus dem Spiel war Ernst geworden. Nun stand ihnen ihre Leichtfertigkeit vor Augen, und es war zu spät, das Spiel einfach zu beenden. Die Trümpfe waren nicht mehr in ihrer Hand.

Im Grunde war das für Béatrice Gelderlo nichts Neues. Sie hatte immer schon gewusst, dass das Leben ein Spiel war – und dabei bestimmte nie einer alleine. Sie hatten versucht zu schummeln und die Spielregeln nach ihren Vorstellungen auszulegen. Doch wie hatte Hiob seine Freunde gefragt: »Meint ihr, dass ihr Gott täuschen werdet, wie man einen Menschen täuscht?« Der große Spielleiter ließ sich nicht austricksen. Ihnen blieb nur, nach seinen Regeln weiterzuspielen.

Seit einiger Zeit hielt sie die Herz-Königin in der Hand und wusste die Karte nicht in ihrer Patience unterzubringen. Spiegelte das nicht ihre Lebenssituation? Ihr eigener Herz-König war nun seit zwei Jahren tot. Als junge Frau war sie ihm nach Valckenburg gefolgt und hatte Swinging London eingetauscht gegen die altväterliche Beschränktheit der verschlafenen ehemaligen Residenz, die sich für den Nabel der Welt hielt. Sie war schwanger geworden, ihr Mann hatte einen guten Posten in Valckenburg angeboten bekommen, also waren sie geblieben. Die Valckenburger hatten ihr jedoch nie verziehen, dass sie aus dem großen London kam und in jeder Geste die Weltstadt durchscheinen ließ.

Während der kleine Ariel munter und fröhlich mehrere Kindermädchen nacheinander verschliss, stürzte sich seine Mutter in den Erhalt des ehemaligen Familiensitzes und verstand es, dem großherzoglichen Schloss im Laufe der Jahre etwas von seinem alten Glanz zurückzugeben. Zumindest im Kuratorium des Museums hatte Béatrice Gelderlo nach und nach interessante und ihr gleichgesinnte Menschen versammeln können. Mit dreien hatte sie sogar Freundschaft geschlossen – die monatliche Doppelkopfrunde mit Pastorin Dörte Böhnisch, Museumsdirektor

Peter Brand und dem vielseitigen Geschäftsmann René Maarten de Vries war ihnen allen geradezu heilig. Brand verwaltete das Museum nicht nur, sondern brannte regelrecht für die optimale Präsentation und Erforschung seiner Schätze. Dass die Geschäfte des Herrn de Vries nicht immer ganz lupenrein seien, unterstellte jeder in Valckenburg. Aber seine Begeisterung für das Schloss war echt, und er ließ sich nie lange bitten, besondere Ausstellungen und Veranstaltungen großzügig zu finanzieren.

Die Mitgliedschaft der Pastorin im Kuratorium legte sich nicht sofort nahe. Eine der nettesten Erinnerungen der alten Dame war eine Begegnung mit einer kleinen Besucherin im früheren Ballsaal. Das kleine Mädchen besichtigte an einem schönen Tag im Sommer 1986 mit seinen Großeltern das Valckenburger Schloss. Béatrice Gelderlo führte die Besuchergruppe durch das Museum, und man war an dem Hochzeitsbild von Gräfin Anne Sophie angekommen. Plötzlich fragte die Kleine: »Bist du die Königin von dem Schloss? Trägst du dann manchmal auch die Krone da?«

Béatrice Gelderlo, die in jüngeren Jahren tatsächlich eine verblüffende Ähnlichkeit mit ihrer Urahnin hatte, musste lachend gestehen, dass sie nicht die abgebildete Dame sei – diese sei die Oma der Oma ihrer Oma und der Schmuck leider schon lange verschwunden. Sie erklärte dem Mädchen, die Frau auf dem Bild sei die Gräfin Anne Sophie und sie selber heiße Béatrice. Dann fragte sie die Kleine nach ihrem Namen und erfuhr, sie heiße Dörte und sei fünf Jahre alt, doch mit diesem Namen könne man wohl keine Königin werden. Béatrice Gelderlo tröstete das Kind: Dörte komme von Dorothea, so könne man als Königin durchaus heißen – und wenn man eine Dorothea sehr lieb habe, dann nenne man sie Dörte. Daraufhin strahlte das Mädchen.

Dörte Böhnisch war in gewissen Abständen immer wieder in das Schlossmuseum zurückgekehrt. Doch erst als sie als Pfarrerin eingeführt wurde und gegenüber Béatrice Gelderlo ihre schon aus der Kindheit rührende Liebe zum Schloss erwähnte, erkannten die beiden Frauen lachend, dass sie einander viele Jahre zuvor bereits einmal begegnet waren. Dörte war nun also doch nicht Königin geworden. Béatrice Gelderlo, die sie sehr in ihr Herz geschlossen hatte, fand, sie sei dafür eine erstklassige Pfarrerin, und beobachtete mit einer gewissen Sorge, dass Dörte in dieser Rolle schon lange nicht mehr aufging.

Sorge bereitete ihr auch die Lösegeldforderung. Dank der erwarteten Großzügigkeit von de Vries konnte zumindest die nötige Summe aufgebracht werden, was den Kuratoriumsmitgliedern die Entscheidung leicht gemacht hatte, der Forderung zuzustimmen.

Vor der Sitzung des Kuratoriums hatte Dörte Böhnisch sie aufgesucht und von ihrem beunruhigenden Erlebnis auf dem Deich erzählt. Béatrice Gelderlo hatte der Pastorin geraten, sich an die neue Kommissarin in Geertshaven zu wenden, von der de Vries schon mehrmals mit Wärme erzählt hatte. Normalerweise gab sie wenig auf Renés Erzählungen über seine aktuellen Frauenbekanntschaften. Doch diesmal schimmerte durch seine wie immer begeisterte Schilderung etwas Ungewöhnliches hindurch: Die Polizistin schien dem Strahlemann in jeder Hinsicht ebenbürtig und gewachsen. Sie mochte offenbar seinen Charme, ohne sich damit bereits zufriedenzugeben, und kitzelte aus ihm Seiten hervor, deren er sich vielleicht bisher selbst nicht bewusst gewesen war. Ihr war es anscheinend gelungen, hinter seine großartige Fassade zu schauen und dahinter den kleinen Jungen zu entdecken, der gerne den Helden spielte. Von dem attraktiven und gerissenen Geschäftsmann, als den ihn die Welt kannte, ließ sie sich weder beeindrucken noch blenden. Offenbar eine intelligente Frau, die zudem noch einen unverstellten Blick auf den Valckenburger Filz und Klüngel besaß. Weder Dörte noch sie selbst hatten bisher Merle Feierabends Bekanntschaft gemacht. Sie schien ihr die Richtige für Dörtes unheimliches Erlebnis, hinter dem eine Gewalttat stecken mochte, das aber auch eine harmlose Erklärung haben konnte.

Mit einer Kaffeekanne in der Hand und unübersehbarer Neugier im Gesicht erschien Dallüge in Merles Tür.

»Na, der Valckenburger Adel und die hohe Geistlichkeit haben sich ja bei dir heute die Klinke in die Hand gegeben!«

»Stelle Er den Kaffee schon einmal da auf den Tisch«, erwiderte Merle mit einer hoheitsvollen Geste.

»Wie gnädige Frau wünschen!«

Mit einer angedeuteten Verbeugung und zugleich einem fröhlichen Grinsen stellte Dallüge die Kanne ab und holte zwei Becher und den Kuchen, den er auf einen großen Teller gelegt hatte.

Dankbar nahm Merle einen Schluck Kaffee und biss vom Kuchen ab. Dann erzählte sie ihrem Kollegen von Teresa Soares und deren Freund Stanislaw Michalski alias Janusz Tomaszewski und dass Maik Schulze offenbar nach beiden suchte. Sie berichtete ihm, was sie von Gelderlo erfahren hatte und dass Heidenburg einen Zusammenhang zwischen dem Überfall in der Kirche und dem Einbruch im Schloss sah.

»Und die Handschrift des einen Täters ist die gleiche wie im Fall Kowaljew …«

»… und ist uns aus Hildesheim als die von Maik Schulze bekannt«, ergänzte Dallüge. »Weiß man etwas über den zweiten Gauner, den Kunst- und Musikliebhaber?«

»Nein, nur, dass er es offensichtlich war, der den Schatz gefunden und die Lösegeldforderung geschrieben hat. Schulze ist in der Zwischenzeit seinen eigenen Weg gegangen und ins Schloss eingebrochen.«

»Es wird ja eine Weile gedauert haben, bis der andere den Schmuck entdeckt hat. Könnte es Stani sein?«

»Eher unwahrscheinlich. Schulze hat Tomaszewski beziehungsweise Michalski ja noch kurz zuvor gesucht, vermutlich wegen der Hildesheimer Beute. Hätte er ihn tatsächlich gefunden, wäre Stani wohl dasselbe Schicksal widerfahren wie Kowaljew.«

»Stimmt auch wieder. – Was wollte eigentlich eben die Pastorin? Dir die Beichte abnehmen?«

»Nein, sie hat Schreie im Nebel gehört. Um kurz nach neun auf dem Deichweg zwischen Geertshaven und Valckenburg, in der Höhe der Anlegestelle.«

»Wenn du mir den Ort schon so genau beschreibst, dann soll ich da jetzt wahrscheinlich mal hin und nach der Leiche suchen.«

»Das wäre nett. Bevor es dunkel wird und der Nebel wieder aufzieht.«

»Ich bin schon weg! Mal schaun, wer von unseren Jungs Lust auf einen kleinen Ausflug hat.«

Nachdem Dallüge den Raum verlassen hatte, versuchte Merle ein letztes Mal, Teresa Soares auf ihrem Handy zu erreichen. Auch diesmal hatte sie keinen Erfolg, was sie nicht überraschte.

Möglicherweise hatte Tresinha inzwischen Kontakt zu ihrem Freund bekommen und suchte ihn nicht mehr. Oder es war ihr etwas zugestoßen. Eine dritte Möglichkeit konnte Merle am Abend einfach im Casino überprüfen, wenn sie sich dort mit de Vries zum Essen traf.

ADAGIO COMUNICATIVO

Fröhlich pfeifend betrat Ariel Gelderlo seine Dienststelle in Valckenburg. Nach der angenehmen Begegnung mit der Geertshavener Kollegin war ihm das Siciliana-Motiv wieder eingefallen. Die Sonne wagte sich immer wieder kurz durch die Wolken, die Arbeit machte Spaß, das Leben war schön!

In scharfem Kontrast zu seiner beschwingten Laune fand er seinen Assistenten vor, der gähnend vor dem Computer saß und Ariel einen gereizten Blick zuwarf.

»Frau Quadden hat Ihnen offenbar ihre ganze Lebensgeschichte erzählt. Und Herr Uphoff seine Verschwörungstheorien ausgebreitet«, vermutete Ariel.

»Richtig. Ich werte die Aussagen gerade aus. Außer den beiden Betrunkenen, die Wolters und Jansen schon gesehen haben, hätten wir gefühlte weitere fünfzig Verdächtige.«

»Die bösen Nachbarn, die Terroristen, die Ausländer …«

»… die Rocker, die Penner, die Arbeitslosen, nicht zu vergessen die Marsmännchen.«

»Und am Ende sind wir so schlau wie zuvor. Tut mir wirklich leid, dass ich Sie da rumgeschickt habe.«

»Aber wenigstens Sie hatten offenbar eine anregende Mittagspause, Chef.«

»Ich war mit der äußerst attraktiven Kollegin aus Geertshaven Mittag essen.«

»Eine solch anspruchslose Aufgabe wäre doch eher etwas für Ihren Assistenten. Passt auch vom Alter besser. Und bei den Vernehmungen der Anwohner am Kirchplatz ging mir doch Ihre langjährige kriminalistische Erfahrung ganz ab – völlig zu schweigen von Ihrer intimen Kenntnis der Valckenburger Gesellschaft.«

»Tja. Chef ist Chef, mein Lieber!«

Doch dann holte Ariel zwei Cappuccini aus dem Kaffeeautomaten, zog sich einen Stuhl heran und berichtete seinem Assistenten ausführlich von den Geertshavener Ermittlungen. Die grünen Lederhandschuhe und das auf überraschenden Gemeinsamkeiten beruhende Einverständnis mit der jungen Kollegin verschwieg er.

»Also hat wenigstens einer unserer Verdächtigen jetzt einen Namen«, resümierte Kai Geverdingen. »Schulze oder Schultze?«

»Schulze. Und ich würde sogar sagen: der andere heißt Schultze«, grinste Ariel, der *Tim und Struppi* ebenfalls liebte.

»Wurde schon ein europäischer Haftbefehl ausgestellt?«

»Ja. Und in den Niederlanden sowie in Niedersachsen, Bremen und auf den Fährlinien läuft die Fahndung auf Hochtouren.«

»Wenn Schulze und Schultze das Lösegeld selbst abholen wollen, dann müssten sie ja sogar noch im Land sein.«

»Und nach seinen schlechten Erfahrungen in Hildesheim wird Schulze diesmal alleine arbeiten«, überlegte Ariel. »Dann werden wir Schultze wohl demnächst irgendwo tot auffinden.«

Mit gespieltem Ernst fügte er hinzu: »Wir tun unseren beiden berühmten Detektivkollegen wirklich himmelschreiendes Unrecht.«

Sie freuten sich eine Weile, dann fragte Geverdingen: »Wie soll denn die Übergabe genau ablaufen?«

»Das wissen wir immer noch nicht. Der Erpresser will sich noch einmal melden. Vermutlich bei Brand.«

»Na, in der Regel gehen diese Übergaben ja eh in die Hose. Außerdem scheint zumindest Maik Schulze nicht sehr subtil und intelligent zu sein.«

»Bisher ist ihm diesmal alles gelungen.«

»Vielleicht sollte ich die Seiten wechseln.«

»Wenn Sie das schon ernsthaft in Erwägung ziehen, dann wird es Ihnen nicht schwerfallen, überzeugend unauffällig in den Valckenburger Kneipen nach Schulze und Schultze zu forschen.«

»Gerne. Wenn Sie mir dafür die hübsche Kollegin aus Geertshaven an die Seite stellen. Die hat auf diesem Gebiet ja schon einschlägige Erfahrungen!«

»Ich fürchte, das würde euch beide zu sehr von der Arbeit ablenken!«

»Spielverderber«, grollte Geverdingen und stellte die Kaffeebecher in die Spüle.

Merle Feierabend, die nicht ahnte, zu welchen Gedankenspielen sie die Valckenburger Kollegen inspirierte, tippte erleichtert die Schlussworte ihres Berichts. Dallüge hatte sie angerufen. Seine Suche am Deichweg war ergebnislos verlaufen. Er war gar nicht erst zurück zur Dienststelle gekommen, und Merle beschloss nach einem Blick auf die Uhr, dass es für sie ebenfalls für heute genug sei.

»Feierabend, Frau Feierabend!«, sagte sie zu sich selbst und fuhr den Computer herunter. Dann fiel ihr ein, dass sie doch noch nicht ganz Feierabend hatte. Ihre Nachbarin erwartete ihren Besuch, und um 19 Uhr würde de Vries sie zum Essen im Casino abholen. Beide Verabredungen waren eher privater Natur, doch sie hoffte, von Frau Strackerjahn vielleicht noch Näheres über Tresinha zu erfahren, und wollte sich im Casino unauffällig nach der jungen Portugiesin umschauen.

Sie versuchte vergeblich, Lars zu erreichen, und hinterließ ihm eine Nachricht über WhatsApp. Auf dem Heimweg hielt sie bei einem Supermarkt und besorgte rasch ein paar Kleinigkeiten für ihr Frühstück und einen Adventstee als Mitbringsel für Frau Strackerjahn.

Eine halbe Stunde später saß sie bei ihrer Nachbarin im warmen, gemütlichen Wohnzimmer und schlürfte von dem Tee, den Frau Strackerjahn gleich aufgesetzt hatte. Die erste Kerze auf dem Adventskranz brannte, und selbstverständlich stand ein Teller mit den selbst gebackenen Plätzchen einladend vor ihr.

»Die junge Dame aus Portugal war ganz verzweifelt, dass sie Sie nicht angetroffen hat. Wissen Sie, Teresa lebt alleine und arbeitet jeden Tag in dem Casino, oft bis spät nachts. Vor drei Jahren ist sie hierhergekommen. Sie hat ihre Familie zurückgelassen: ihre Mutter, ihren Vater und ihre fünf jüngeren Geschwister. Von ihrem bisschen Lohn schickt sie immer noch Geld nach Hause. Nun hat sie diesen Freund – Stani oder so ähnlich. Und der ist jetzt weg. Sie sucht ihn und ist in Sorge. Deswegen wollte sie Sie um Hilfe bitten. Sie glaubt, er ist in Gefahr. Da gab es wohl irgendeine dunkle Geschichte in seiner Vergangenheit. Aber er hat sich gebessert, und jetzt wollten sie heiraten. Über die dunkle Geschichte hat Teresa nur ein bisschen erzählt. Es hat sich wohl um einen Überfall gehandelt, aber auch nicht hier in Valckenburg. So ganz verstanden habe ich nicht, worum es ging. Aber er hat Geld, das er gestohlen hatte, einer Kirche in den Opferstock gelegt. Die sind eben doch sehr katholisch, sowohl in Polen als auch in Portugal. Ich denke, die beiden passen deswegen gut zusammen, nicht wahr?«

Merle lachte: »Sie hätten eine fantastische Polizeikommissarin abgegeben, Frau Strackerjahn! Das alles hätte ich in fünf Wochen nicht erfahren! Sie sind ja eine richtige Miss Marple!«

»Die lese ich auch wirklich sehr gerne«, gab Frau Strackerjahn mit leuchtenden Augen zu. »Und da gab es auch diese nette Serie im Fernsehen. Hat die junge Dame Sie denn erreicht?«

»Nein, und ich sie leider auch nicht. Obwohl ich es mehrmals versucht habe und sogar bei ihr zu Hause vorbeigegangen bin.«

»Dann sollten Sie sich aber vielleicht keine Sorgen machen. Denn Teresa hat mir auch gesagt, wenn sie keinen Kontakt zu Ihnen bekommt, dann geht sie wahrscheinlich zu einer Freundin. Die heißt Nita und ist Spanierin, mehr weiß ich nicht über sie.«

»Hat diese Nita auch im Casino gearbeitet?«

»Ich weiß nicht – oder doch, warten Sie: Teresa sagte: ›Meine alte Freundin und Kollegin.‹ Aber Nita arbeitet jetzt wohl nicht mehr im Casino.«

Das musste die junge Spanierin sein, von der Gelderlo ihr beim Mittagessen erzählt hatte, dass Sweelinck ihr vor einigen Monaten gekündigt habe, und die möglicherweise in Verbindung zu dem Überfall auf das Casino stand.

»Hat Teresa Ihnen etwas Genaueres über die Gefahr erzählt, in der ihr Freund schwebt?«

»Nein, das wusste sie offenbar selbst nicht genau. Aber Sie wissen ja: Alte Sünden rächen sich. Wahrscheinlich ist jemand hinter dem Geld her, über das sich eine Kirchengemeinde gefreut hat. Aber der junge Mann hat es ja aufrichtig gemeint. Ich habe schon für ihn gebetet, dass alles gut wird. Obwohl ich ja nicht katholisch bin, aber wir haben doch alle nur einen Herrgott, nicht wahr?«

»Ich glaube, ich werde auch für die beiden beten«, stimmte Merle zu.

»Und, Frau Kommissarin, wenn Sie den jungen Mann einmal schnappen, dann lassen Sie doch hoffentlich Gnade vor Recht ergehen!«

»Das liegt leider nicht in meiner Hand, das entscheidet das Gericht. Aber mit einem sauberen Geständnis wird er sicher gut davonkommen.«

»Na, dann bin ich ja beruhigt.«

Sie unterhielten sich noch eine Weile, und Frau Strackerjahn erzählte ihrer Besucherin einige pikante Details aus Geertshavens Vergangenheit.

»Dieser Sweelinck, der Geschäftsführer des Casinos, der ist übrigens der Großneffe von Willem Sweelinck, und der war in der Nazizeit der Führer der Nationalsozialistischen Valckenburger Arbeiterpartei. So etwas hatten wir hier nämlich leider auch. Hier hieß sie NSVAP, aber das war eigentlich das Gleiche wie die NSDAP in Deutschland. Es war eine schreckliche Zeit. Willem Sweelinck hat dafür gesorgt, dass Valckenburg ein Teil des Deutschen Reichs wurde. Er brauchte nur wenige Jahre, dann war Valckenburg erst kommunistenfrei und sozialistenfrei und schließlich auch judenfrei. Ich bin ja erst neunzehnhundertsechsunddreißig geboren, in dem Jahr, als unser letzter Großherzog ins Exil gezwungen wurde. Aber dass es eine furchtbare Zeit war, das bekam ich doch schon mit. Und später haben mir meine Eltern alles ganz genau erklärt. Sie müssen nämlich wissen, mein Vater war aktiver Sozialdemokrat. Er hat seine Arbeit verloren und hat sich und uns mit Gelegenheitsarbeiten durchgebracht. Dann musste er in den Krieg und kam auch noch in Gefangenschaft und erst nach Jahren zurück. Willem Sweelinck hatte alle diese Probleme nicht, auch nachher nicht. Die Nazis haben ihm für seine Verdienste das Schloss gegeben und ihn zum sogenannten Reichsstatthalter gemacht. Und nach fünfundvierzig hat er gleich wieder mitgemischt. Er war vorher ein kleines Licht in der Verwaltung, und nachher ein etwas größeres.«

Die alte Dame schwieg eine Weile nachdenklich, dann

sagte sie: »Hier hätte man nicht Gnade vor Recht ergehen lassen dürfen.«

Merle stimmte ihr zu und fragte: »Hatte dieser Willem Sweelinck denn eigene Kinder?«

»Nein. Er hatte einen jüngeren Bruder. Und Henk Sweelinck ist dessen Enkel. Die Familie war nie sonderlich beliebt. Aber über Henk Sweelinck weiß ich nichts Nachteiliges zu sagen. Er führt das Casino schon viele Jahre und hat sich offenbar nie etwas zuschulden kommen lassen.«

Nur weil das so aussieht, muss es nicht unbedingt so sein, dachte Merle. In diesem Moment meldete sich ihr Mobiltelefon mit dem Glöckchenklang, der den Eingang einer Nachricht anzeigte. Frau Strackerjahn hatte das nicht gehört. Merle bedankte sich herzlich bei ihrer Nachbarin und versprach, recht bald wieder einmal vorbeizuschauen.

In ihrer Wohnung angekommen, las sie die von küssenden Emojis umrahmte Nachricht: »Hallo, meine liebe Pariser Amsel! Du fehlst mir!!! Ich komme schlecht voran. Die Spur verliert sich immer wieder, und die Kollegin de Jong ist gerade keine große Hilfe. Doch ich schnüffele weiter in alle Richtungen und hoffe dich zum Wochenende wieder in die Arme schließen zu können. Dein Lars«

Merle kuschelte sich zufrieden in den Lehnsessel und schrieb eine fröhliche Nachricht zurück, die sofort beantwortet wurde. Sie schloss den Chat mit einem Kuss-Emoji und öffnete ihre Zeitungs-App. Sie hatte noch eine halbe Stunde für sich, bevor es Zeit war, sich für die Verabredung mit de Vries zurechtzumachen.

Obwohl Ariel Gelderlo noch einen Schlüssel zu seinem Elternhaus besaß, betätigte er jedes Mal die Hausklingel. Seine Mutter liebte keine Überraschungen. In der Hand hielt er einen noch warmen, knusprigen Flammkuchen, den er gerade bei *Chez Arnaud* gekauft hatte, der französischen Brasserie gegenüber des alten Polizeipräsidiums, wo man ihn gut kannte. Seine Mutter würde den dazu passenden edlen Tropfen schon bereitstehen haben.

Während er vor der Tür wartete, ging sein Blick zur Großen Kirche, die von hier aus halb vom wuchtigen alten Pfarrhaus verdeckt wurde. In der Dienstwohnung von Pastorin Böhnisch brannte in mehreren Fenstern Licht. Am späten Nachmittag hatte er erfahren, dass einer der Erpresser das Lösegeld irgendwann zwischen 20 und 23 Uhr unter dem Schutz der seelsorglichen Schweigepflicht abholen wollte. Wie nun die Übergabe im Einzelnen vor sich gehen würde, wusste keiner, und man würde es auch nie erfahren. Verdammt geschickt!, dachte Ariel.

Er hörte den Summton und drückte die Tür auf.

Seine Mutter erwartete ihn am oberen Ende der mächtigen Holztreppe mit ihrem geschwungenen Geländer. Wenn ihr Sohn sie so selbstverständlich aufrecht da stehen sah, musste er immer an eine Königin denken. Immerhin schaute ihr eine lange Folge von Grafen und Großherzögen unsichtbar über die Schulter. Dennoch lächelte sie, und gar nicht huldvoll, sondern ehrlich erfreut. Sein letzter Besuch bei ihr war zwar nicht der einzige in diesem Jahr gewesen, wie sie am Morgen angedeutet hatte, lag aber doch schon etliche Wochen zurück.

Sie begrüßten einander mit einem Kuss auf die Wange,

dann folgte er ihr in das große Esszimmer, in dem sich Erbstücke der Familie Gelderlo treffsicher mit von ihr im Laufe der Jahrzehnte ersteigerten und restaurierten Möbeln mischten. Der Stil des Raumes war herrschaftliches frühes 19. Jahrhundert, ein bisschen zu dunkel für Ariels Geschmack, aber vertraut und jedenfalls sehr edel.

Seine Mutter hatte einen bunten Salat zubereitet und einen Sauvignon Blanc von der Nahe entkorkt. Den Flammkuchen legte sie auf eine schöne alte Platte. Ariel genoss das einfache, aber schmackhafte Mahl. Er wusste, dass seine Mutter alle Zutaten immer noch selbst einkaufte und zubereitete. Nur bei der Pflege des großen Hauses ließ sie sich jeden Morgen von einer Zugehfrau unterstützen.

Die Rede kam wie von selbst auf den Ring der Gräfin.

»Hast du eigentlich noch das Duplikat, das Vater dir hat anfertigen lassen?«

Sein Vater hatte ihr zur Silberhochzeit eine sehr getreu nach dem Gemälde gefertigte Nachbildung des Ringes geschenkt, die sie in Ehren hielt, aber nur selten getragen hatte.

»Die Kopie liegt sicher in meinem Safe. Wenn du möchtest, hole ich sie mal. Ich überlege gerade, sie dem Museum zu stiften, falls das Original nicht mehr auftauchen sollte.«

Sie ging in den Nebenraum und tauchte bald mit einem hübschen kleinen Kästchen wieder auf. Ariel nahm den Ring heraus und betrachtete ihn bewundernd.

»Er sieht wirklich täuschend echt aus!«

Seine Mutter nickte.

»Auch Kopieren verlangt einen echten Künstler, wenn es gut sein soll.«

»Du hast doch jetzt beide gesehen, das Original und die Kopie. Und du bist vom Fach. Woran merkt man eigentlich, welcher echt ist?«

»Von den Edelsteinen verstehe ich zu wenig. Ich weiß nur, dass der Schliff heute besser ist als früher. Ein Duplikat kann also durchaus handwerklich von kaum minderer Qualität sein als das Original. Den Unterschied können tatsächlich nur ausgemachte Fachleute erkennen. Ich jedenfalls schätze meine Kopie sehr hoch. Sie hat für mich ja auch ideellen Wert. Schade, dass es so wenige Gelegenheiten gibt, zu denen ich meinen Ring tragen kann. Und keine Schwiegertochter, der ich ihn vermachen könnte.«

Galant antwortete Ariel: »Mutter, wie sollte ich eine Frau finden, die dir das Wasser reichen könnte?«

Es war ein altes Spiel zwischen den beiden, das sie beide gerne spielten, aber nicht wirklich ernst nahmen. Im Übrigen hatte er seinen Eltern nicht alle seine Frauenbekanntschaften vorgestellt.

Béatrice Gelderlo brachte den Ring zurück in den Safe. Als sie wieder neben ihrem Sohn saß, sagte sie: »Es war ein erhebendes und seltsames Gefühl für mich, als ich vorhin im Kuratorium den Ohrring in der Hand halten durfte. Bisher gingen wir ja alle davon aus, dass der restliche Schmuck auf Nimmerwiedersehen verschollen ist.«

»War der Ring am Anfang des Zweiten Weltkriegs nicht einmal auf einer Auktion in Argentinien aufgetaucht?«

»Richtig. Und ist gleich wieder verschwunden, bis zu diesem Jahr. Anbieter und Käufer blieben anonym. Auch um achtzehnhundertsiebzig war er einmal aufgetaucht, damals in Ägypten, und ebenfalls gleich wieder verschwunden.«

»Ich fürchte, ich kenne die Geschichte des Rings und überhaupt des Brautschmucks gar nicht richtig.«

»Siehst du, Ariel, da hast du wieder *Meer und Heimat* nicht aufmerksam gelesen!«

»Ach, Mutter …« Ariel lächelte sein verbindlichstes, charmantestes und unschuldigstes Lächeln. Wie erwartet, ließ sich seine Mutter nicht lange bitten.

»Mit dem Ring hat sich Gräfin Anne Sophie damals die Passage nach England freigekauft. Sie hat damit den französischen General bestochen, der Valckenburg erobert hatte. Sie ist mit ihrem Mann und ihrem kleinen Sohn nach England geflohen – der kleine Geert, der später als Geert der Siebzehnte der erste Großherzog von Valckenburg wurde, war damals schon geboren. Doch bei der Entbindung des zweiten Kindes ist die junge Gräfin gestorben. Ihr Mann meldete sich zur britischen Marine und fiel vor Trafalgar, zwei Meter von Lord Nelson entfernt.«

»Was hat der General mit dem Ring gemacht?«

»Er hat ihn seiner Frau geschenkt. Später ist er vor Moskau gefallen, die Frau starb wohl auch irgendwann nicht lange später, und der Ring war erst einmal verschollen. Bis er eben später in Ägypten wieder auftauchte, kurz nach der Einweihung des Suez-Kanals. Damals waren viele Franzosen in Ägypten beschäftigt. Dann verschwand er wieder und wurde erst im letzten Krieg in Argentinien auf einer Auktion angeboten. Und dann eben jetzt wieder in Brüssel.«

»Aber vom restlichen Schmuck hat man nie wieder etwas gehört?«

»Nie wieder. Es hieß, die Gräfin hätte ihn ihrer englischen Amme gegeben, damit diese ihn gut versteckte.

Dann starb sie, die Amme starb wenige Jahre nach ihr, und niemand wusste etwas. Es gab dann diese Geschichte, dass das Versteck des Schmucks auf einem alten Notenpapier notiert sei.«

»Richtig, diese Geschichte kenne ich. Deswegen wurde der arme van Heeren ja niedergeschlagen.«

»Ariel, ich glaube, du kennst überhaupt die ganze Geschichte!«, meinte Béatrice Gelderlo streng.

Er lächelte wieder strahlend.

»Ich höre dir so gerne zu, wenn du sie erzählst, Mutter!«

Pastorin Dörte Böhnisch hörte, wie das Auto mit dem »Teufelsdreizack« sich mit sattem Brummen entfernte. Ihr Blick ruhte auf dem roten Kunstlederkoffer, den de Vries neben dem Besucherstuhl im Pfarrbüro stehen gelassen hatte. Der Maserati, der Koffer und beider Besitzer waren Hollywood pur und eher Fremdkörper im Leben der Pastorin. Sie fragte sich, wie sie zu dieser seltsamen Bekanntschaft kam. Aber Begegnungen dieser Art gehörten immer noch zu den erwartbaren Besonderheiten ihres Berufs. Doch das, worauf sie sich an diesem Abend einließ, war zumindest für eine Gemeindepfarrerin eine extreme Situation. Die Kollegen in der Gefängnisseelsorge wären eher mit derartigen Herausforderungen vertraut.

Um Punkt zehn Uhr hatte sie mit dem roten Koffer in der Sakristei zu sein, so war es verabredet. Allein der schlecht beleuchtete Weg von etwa zweihundert Metern bis dahin verursachte ihr jetzt schon Herzklopfen. Vielleicht kam sie gar nicht erst bis zur Kirche, sondern wurde unterwegs von hinten niedergeschlagen, so wie ihr Organist und der Wachmann des Museums. Sie beschloss, sich wenigstens den Fahrradhelm aufzusetzen.

De Vries hatte ihr trotz einer Verabredung ritterlich angeboten, bei ihr zu bleiben, bis sie aufbrechen musste, und auf sie zu warten. Doch das hatte sie abgelehnt. Es gehörte nun einmal zu ihren Berufspflichten, in derartigen Situationen ohne Zeugen zu sein. Im Übrigen hatte sie gelernt, gerade auch in solch schwierigen Lagen auf Gott zu vertrauen.

Sie nahm den Koffer und schloss das Pfarrbüro hinter sich ab. Oben in ihrer Wohnung angekommen, kochte sie sich einen beruhigenden Tee, zündete im Wohnzimmer die erste Kerze auf dem Adventskranz wieder an und setzte sich mit der Bibel, dem Gesangbuch und den Herrnhuter Losungen in ihren Sessel.

Das Gesangbuch öffnete sich von selbst bei ihrem Lieblingslied: »Wer nur den lieben Gott lässt walten und hoffet auf ihn allezeit, den wird er wunderbar erhalten in aller Not und Traurigkeit. Wer Gott, dem Allerhöchsten, traut, der hat auf keinen Sand gebaut.« Sie sang mehrere Strophen, und als sie bei den letzten Worten angekommen war: »Denn welcher seine Zuversicht auf Gott setzt, den verlässt er nicht«, spürte sie diese Zuversicht tatsächlich in sich aufkommen.

Sie blätterte eine Weile in den Psalmen und las sich an verschiedenen Stellen fest. Dann nahm sie sich wieder die Losung und den Lehrtext des Tages vor: »Der HERR hebt auf den Dürftigen aus dem Staub.« Und: »Wenn der Hirte das verlorene Schaf gefunden hat, so legt er sich's auf die Schultern voller Freude.«

Dürftig und wie ein verloren gegangenes Schaf fühlte sie sich in diesem Moment selbst und hoffte sehr, von Gott gefunden und durch diese Nacht getragen zu werden. Sie schloss die Augen und kam zur Ruhe.

Sie musste tatsächlich ein wenig eingenickt sein, denn das Schrillen der Türklingel ließ sie hochschrecken. Hastig blickte sie auf die Uhr: erst halb neun. Ganz gegen ihre Gewohnheit überlegte sie ernsthaft, ob sie zur Tür gehen sollte. Es klingelte noch einmal. Sie verwarf ihre Zweifel und ging nach unten. Die alten Holzstufen knarrten laut im hohen Treppenhaus.

An der Tür angekommen, fragte sie laut: »Wer ist da?«

Merle schloss die Beifahrertür des Maserati hinter sich und lehnte sich wohlig in dem Ledersitz zurück. Aus der Musikanlage erklang Diana Krall: »I don't want clever conversation, I don't want to work that hard, I just want some someone that I can talk to. I want you just the way you are.« Einverstanden schweigend fuhren sie die wenigen Minuten bis zum Casino. De Vries hielt vor dem Eingang an, stieg aus und öffnete Merle die Tür. Fehlt nur noch der rote Teppich!, dachte diese, während sie ihre schlanken Beine in den für die Jahreszeit eigentlich viel zu luftigen Pumps betont elegant aufs Pflaster setzte. Während er den Wagen parkte, ging sie schon zur Garderobe, gab ihren Mantel ab und warf einen zufriedenen Blick in den großen Spiegel, der ihr eine stilsicher gekleidete junge Dame zeigte, in der niemand, der sie nicht kannte, eine Kriminalbeamtin vermuten würde.

Sie wandte sich wartend dem Eingang zu. In diesem

Moment näherte sich ihr der Geschäftsführer des Casinos und begrüßte sie mit einer galanten Geste und den Worten: »Sie bringen immer Pariser Flair in unser Haus, Frau Feierabend! – Ach, da kommt ja schon Ihr Begleiter.«

Die zwei einflussreichsten Männer Geertshavens, wenn nicht des ganzen Ländchens, reichten einander mit kurzen freundlichen Worten die Hand. Merle beobachtete belustigt, wie die beiden Pfauen ganz beiläufig und ohne Worte ihre Territorien absteckten. Dann zog sich Sweelinck mit einem gönnerhaften Lächeln zurück. De Vries gab seinen Mantel ab und wies Merle mit einer einladenden Handbewegung den Weg ins Restaurant.

Erst nachdem sie bestellt hatten, eröffnete er das Gespräch: »Ich freue mich jedes Mal, wenn ich mit dir zusammen sein kann! Schade, dass es gestern nicht möglich war.«

Sie lächelte.

»Wie war das Konzert?«, fragte de Vries weiter.

»Interessant, streckenweise sehr schön, manches eher versponnen, manches mehr verspielt – und dann eine atemberaubende Zugabe.«

Er zog die Augenbrauen hoch.

»Ich höre gerne mehr!«

»Eine italienische Siciliana, es klang sehr nach Vivaldi. Ich hatte die Augen geschlossen und fuhr mit einer Gondel durch Venedig. Es war eine laue Frühlingsnacht, und in jedem der schlafenden Paläste wartete ein geheimnisvolles Versprechen.«

»Das hätte ich in der Tat nicht versäumen dürfen – schon gar nicht an deiner Seite!«

»Hättest du nicht, nein.«

»Umso mehr, als dieses Erlebnis vermutlich unwiederholbar ist.«

»Übrigens großzügig von dir, das Lösegeld bereitzustellen. Ich hoffe, dass der Pastorin jetzt nicht das Gleiche passiert wie dem Organisten.«

Ariel Gelderlo hatte sie darüber informiert, dass die Pfarrerin im Laufe des Abends unter dem Schutz des Seelsorgegeheimnisses das Lösegeld übergeben und vermutlich auch unter ähnlichen Bedingungen den Schmuck in Empfang nehmen würde. Die Erpresser hatten zur Bedingung gemacht, dass die Scheine nicht nummeriert und registriert sein durften. Merle waren das Geld und der Schmuck weniger wichtig als das Schicksal von Dörte Böhnisch, die sie erst vor wenigen Stunden kennengelernt hatte. Es ging ihr schlecht mit dem Wissen, die Pastorin nicht schützen zu können. Soweit man wusste, wollte einer der Erpresser alleine kommen. Doch konnte man dem vertrauen? Selbst die in Kampfkunst geschulte Kommissarin hätte sich ungerne mit Maik Schulze allein im Dunkeln getroffen.

Als hätte er ihre Gedanken gelesen, gab de Vries zu: »Ich finde sie auch sehr mutig. Ich fahre nachher noch einmal bei ihr vorbei.«

»Du bist ein echter Gentleman!«, sagte Merle erleichtert.

Ihr bestelltes Essen wurde aufgetragen. De Vries meinte mit Blick auf Merles bunten Salat: »Zum Sattwerden ist das ja nicht gerade!«

Merle erwiderte grinsend: »Jetzt, wo du doch sicher den Maserati und die Jacht verkaufen musst, wollte ich deine staatsbekannte Großzügigkeit nicht zu sehr überstrapazieren!«

Mit betontem Gleichmut erwiderte de Vries: »Bei meinem guten Freund Henk habe ich unbegrenzten Kredit.«

»Glaub ich dir aufs Wort!«

»Aber wahrscheinlich bist du auf Diät.«

»Nach einem guten Mittagessen mit Ariel Gelderlo, einem Kaffeepäuschen mit meinem Kollegen in Geertshaven und eben noch ein paar Plätzchen bei meiner lieben Nachbarin fühle ich mich heute in der Tat etwas abgefüllt. Vielleicht schaffe ich es morgen vor dem Dienst, ein wenig zu joggen.«

»Mit dem Adel hast du also schon gespeist. Muss ich eifersüchtig sein?«

»Ein René Maarten de Vries läuft außer Konkurrenz!«, beruhigte ihn Merle augenzwinkernd. So leicht der Satz dahingesagt war, sah sie de Vries doch an, dass ihn das Kompliment erfreute. In der Tat fand sie René konkurrenzlos. Hinter seinen Einladungen und Aufmerksamkeiten stand nie eine unausgesprochene Erwartung. Er mochte sie, aber er brauchte sie weder als Trophäe noch zur Befriedigung seiner Bedürfnisse. Umgekehrt war es ebenso. Sie trafen sich in unregelmäßigen Abständen, etwa alle zwei bis drei Wochen. Er hatte vor allem anfangs gerne den Fremdenführer gespielt und ihr die schönen Stellen des Landes, auch vom Wasser aus, gezeigt, wozu sie in der Regel ein kleines Picknick beigesteuert hatte und er etwas Gutes zu trinken. Seit es auf den Winter zugegangen war, luden sie sich gerne gegenseitig zu Theateraufführungen, Konzerten und auch einmal ins Kino oder zum Essen ein. Im Schlossmuseum hatte er ihr als einzigen seiner Freunde den Direktor Peter Brand vorgestellt, sonst waren sie in der Regel zu zweit.

Sie wussten inzwischen einiges übereinander. De Vries liebte sein ungebundenes Junggesellendasein und war nur vor elf Jahren einmal in die Versuchung geraten, es aufzugeben. Damals war eine seiner Liebschaften schwanger geworden und hatte sich entschlossen, das Kind zu bekommen. Emil lebte mit seiner Mutter und seinem Stiefvater in Bremen. In den Ferien kam er oft zu Besuch und genoss die Ausflüge mit dem Maserati und der Jacht. Merle hatte ihn kennengelernt, drei- oder viermal hatten sie etwas zu dritt unternommen. Seit Emil erfahren hatte, dass sie Kriminalkommissarin war, stand sein Berufswunsch fest – »Weißt du, schon wegen Emil und den Detektiven!« – und er löcherte sie mit Fragen, die sie gerne und lachend beantwortete.

Bei ihr selbst hatte sich die Berufswahl in einem ähnlichen Alter angebahnt, inspiriert durch eine bekannte Fernsehkommissarin. Heute wusste sie, dass der tatsächliche Berufsalltag bei der Kriminalpolizei komplizierter und oft auch eintöniger war als in den Drehbüchern. Die Kollegen und Kolleginnen im Fernsehen gingen oft schon nach spätestens drei Begegnungen mit Verdächtigen in die entscheidende Konfrontation – sie hatten ja in der Regel auch nur anderthalb Stunden, um den Fall zu lösen.

Emil brachte immerhin die entscheidende Voraussetzung für den Beruf bereits mit: keine Angst davor zu haben, sein Gegenüber mit Fragen zu nerven. Und schon hatte auch Merle eine Frage an de Vries parat: »Wie lange gibt es eure Doppelkopfrunde eigentlich schon?«

»Wir kennen uns alle über das Kuratorium. Mit den Spielrunden haben wir aber erst angefangen, als Peter

Brand kam. Also vor etwa sieben Jahren. Die beiden Frauen kenne ich schon länger, Béatrice Gelderlo sogar seit vielen Jahren. Dörte Böhnisch ist seit zehn Jahren in Valckenburg und fast genauso lange im Kuratorium. Aber das runde Datum war ihr offenbar keine Erwähnung wert.«

»Wie gut kennt ihr euch?«

»Im Grunde nur über die Sitzungen und die Abende bei Béatrice Gelderlo. Ich bin nicht der große Kirchgänger.«

»Ihr trefft euch also immer bei Frau Gelderlo?«

»Sie ist die Grande Dame Valckenburgs und würde sich eine solche Einladung nie aus den Händen nehmen lassen. Sie ist eine gute Gastgeberin aus altehrwürdiger Tradition. Die Abende haben Stil, Geist und Witz. Inzwischen würde ich sie missen. Tatsächlich ist noch nie einer ausgefallen. Wenn einer von uns krank wurde, dann zwischendurch. Selbst mit Emils Besuchen hat es immer gepasst.«

»Dann verstehe ich natürlich, warum du gestern unabkömmlich warst.«

Das Konzert und der brutale Überfall danach waren wieder präsent und verdrängten freundlichere Erinnerungen. In mitfühlendem Tonfall meinte de Vries: »Der arme van Heeren!«

Merle erzählte: »Ich habe übrigens mit meiner Freundin Katharina aus Heidelberg gesprochen. Sie ist Kirchenmusikerin, im Moment ohne feste Anstellung, und wäre bereit, die Vertretung zu übernehmen, bis van Heeren hoffentlich wieder auf den Beinen ist.«

»Das ist großartig! Weiß die Pastorin das schon?«

»Ich rufe sie morgen früh an. Ich möchte auch wissen, wie es ihr geht.«

De Vries schaute sie nachdenklich an.

»Wird das unsere Treffen verändern?«

Darüber hatte Merle in ihrer Vorfreude auf das Wiedersehen mit Katharina noch nicht nachgedacht. Aber wenn sie jetzt überlegte, würde sie de Vries nicht mit der Freundin teilen wollen. Sie kam sich geizig vor und antwortete dennoch voller Überzeugung: »Nein!«

Er lächelte. Offenbar gefiel ihm ihre Antwort.

Während er die Rechnung beglich, ging Merle auf die Toilette. Dort saß am Eingang Adaolisa aus Nigeria, vor sich auf dem Tisch den Teller für die Münzen. Merle hatte sich schon häufiger mit ihr unterhalten. Beim Verlassen der Toilette legte sie fünf Euro auf den Teller und fragte Adaolisa direkt nach Tresinha. Die junge Afrikanerin vermisste ihre Kollegin. Tresinha sei immer nett zu ihr gewesen und habe nie einen Unterschied gemacht, weder was die Hautfarbe noch was die Stellung anging. Sie seien sogar schon zusammen im Kino gewesen. Auch Tresinhas Freund Stani habe sie schon kennengelernt, und er sei ebenfalls sehr nett.

»Und heute ist sie nicht gekommen. Hoffentlich ist nichts passiert!«

»Da war doch auch eine junge Spanierin, die dann entlassen wurde.«

»Nita? Das ist Tresinhas Freundin. Aber zu mir war sie nicht so nett.«

»Vielleicht ist Tresinha auch entlassen worden?«

»Der Chef weiß, was er an ihr hat! Aber mit Nita stimmte etwas nicht.«

Tresinha habe einmal aus Versehen ausgeplaudert, dass

Nita jetzt in Delfzijl in den Niederlanden arbeite. Die Spanierin sei bestimmt in unsaubere Geschäfte verwickelt.

Merle bedankte sich bei Adaolisa und kehrte zu de Vries zurück. Sie würde morgen einmal nach dieser Nita forschen.

Dörte Böhnisch hatte ihren völlig aufgelösten und stark alkoholisierten ehemaligen Konfirmanden beruhigt und getröstet. Der siebzehnjährige Patrick hatte ihr nach einer dreiviertel Stunde und einem heißen Tee unter Tränen erlaubt, seine Eltern zu benachrichtigen. Seine erste Freundin hatte nach anderthalb Jahren über eine Handy-Nachricht mit ihm Schluss gemacht, und er verstand die Welt nicht mehr. Vor zwei Tagen war zudem sein Hund eingeschläfert worden, sein bester Freund war nicht erreichbar, und da war ihm die Pastorin wieder eingefallen.

Patricks Vater hatte den Jungen erst vor zehn Minuten abgeholt. Dörte Böhnisch hatte keine Zeit mehr gehabt, weiter über den ihr bevorstehenden Gang nachzudenken. Den Fahrradhelm hatte sie immerhin in letzter Minute gegriffen und war nun, kurz vor zehn, auf dem Weg zur Sakristei, in der Hand den roten Koffer.

Hinter sich hörte sie Schritte. Sie zwang sich, ruhig zu bleiben und mit festem Schritt direkt auf die Tür zur Sakristei zuzugehen. Mit zitternder Hand schloss sie die Tür hinter sich und machte noch kein Licht an, suchte aber nach einer Weile eine Kerze heraus.

Vorsichtig öffnete sich die Tür. Dörte Böhnisch hielt die Luft an.

NEBBIOSO MA NON TROPPO

Merle schloss ihr Auto ab und knipste die Stirnlampe an. Auf dem Deichweg war zu dieser Zeit, etwa eine Stunde vor Sonnenaufgang, kein Mensch unterwegs. Zwar war es noch dunkel, doch der Nebel war nicht mehr so stark wie am Vortag. Ein guter Morgen zum Laufen, nicht zu kalt und nicht zu windig. Sie ging ganz gerne morgens vor Dienstbeginn eine Runde joggen, wenn auch nicht täglich. Von ihrem Haus aus hätte sich dafür eher die Promenade im Ort angeboten, doch dort lief ganz Geertshaven. Der Deichweg bevölkerte sich hingegen gewöhnlich erst, wenn es hell wurde.

Merle wärmte sich mit ein paar Übungen auf und setzte sich langsam in Bewegung. Der Lichtkegel ihrer Stirnlampe tanzte im Rhythmus ihres lockeren Laufschritts auf dem in völliger Dunkelheit daliegenden Weg. Der Muschelkies knirschte sanft unter ihren Schuhen. Ein paar Weiden reckten ihre kahlen Astfinger in die letzten Nebelfetzen vor dem schwarzen Himmel.

Merle konnte heute nicht umhin, die einsame Umgebung als ein wenig bedrohlich zu empfinden. Die Worte ihrer alten Nachbarin kamen ihr in den Sinn, die schon vor Wochen kopfschüttelnd gemeint hatte: »Sie laufen da ganz alleine? Haben Sie denn keine Angst?«

Merle hatte diese Bedenken abgetan. Immerhin war sie Polizistin und in verschiedenen Kampfkünsten ausgebildet. Und bald konnte sie ja mit Katharina ihre gemeinsame alte Gewohnheit wieder aufnehmen – sie waren regelmäßig vor der Arbeit zusammen am Neckar entlanggelaufen. Mit Katharina würde überhaupt ein bisschen Heimat zu ihr zurückkehren. Die Freundin hatte sich am Telefon ganz begeistert von der Aussicht auf eine Stelle als Vertretungskantorin an einer so ehrwürdigen Kirche gezeigt und wäre wahrscheinlich am liebsten sofort nach Valckenburg aufgebrochen.

Wie Merle von der Pastorin wusste, hätte sich van Heeren eigentlich schon vor ein paar Jahren zur Ruhe setzen können, um sich ganz seinem Steckenpferd, der Komposition, zu widmen. Er hatte sein Amt seit Jahrzehnten inne und war ein virtuoser Organist, jedoch pädagogisch nicht sonderlich begnadet. Daher hatte er kaum Schüler gehabt, die wirklich geblieben waren und irgendwann seine Nachfolge hätten übernehmen können. Zudem ließ er keine seiner Aufgaben los, wie die Pfarrerin gestern mit leichter Verzweiflung in der Stimme erzählt hatte. Mehrere Versuche von Dörte Böhnisch und den Kirchenältesten, ihm zumindest eine Chorleitung zur Seite zu stellen, waren gescheitert. Im Sommer übernahmen Gastorganisten gerne für eine Weile die Vertretung. Doch kurz vor Weihnachten war es aussichtslos, jemanden für die Gottesdienste zu finden.

Merle wünschte dem Organisten von Herzen eine baldige und vollständige Genesung. Doch hoffte sie insgeheim, dass sich für Katharina dauerhaft ein Platz finden würde und van Heeren ihre Freundin nicht als Rivalin empfände.

Sie erreichte die erste Bank auf dem Deichweg und stellte sich dahinter, um an der Lehne einige Dehnübungen zu machen. Das Licht ihrer Stirnlampe wanderte dabei über das Schilf am Fuß des Deichs.

Plötzlich hielt Merle in ihrer Übung inne und schaute genauer aufs Wasser. Ein dunkler Gegenstand trieb am Ufer, halb vom Schilf verdeckt. Sie gab sich einen Ruck und stieg vom Deich hinab. Als sie unten ankam, war sie nicht mehr wirklich überrascht, einen menschlichen Körper zu finden.

Dass der Tote, der mit dem Gesicht nach unten im Wasser trieb, jedoch ein kräftiger Mann mit kurzen Haaren war und nicht die schlanke Person mit den »dunkellangen« Haaren, die in der *Schiffslaterne* an ihr vorbeigehuscht war, erleichterte sie.

Aber was hatte die Pastorin dann gehört – einmal unterstellt, der Tote hing mit den Schreien zusammen, die Dörte Böhnisch am Vortag im Nebel vernommen hatte? War er Schulzes Komplize? War eine Frau mit von der Partie und hatte eventuell ein Boot als Fluchtfahrzeug bereitgehalten? Hatten Schulze und der andere miteinander gekämpft, und die Frau hatte hilflos dabeigestanden – oder war sie bereits auf den Toten gestoßen und hatte erschrocken aufgeschrien? Oder hatte einer der Männer die Frau angegriffen und der andere ihn erledigt? War es Schulzes Freundin?

Merle zog ihr Mobiltelefon aus der Tasche und verständigte ihre Kollegen. Sie bat darum, auch Ariel Gelderlo zu benachrichtigen.

Während sie wartete und sich nicht mehr bewegte, wurde ihr doch allmählich kühl.

Ariel Gelderlo war bereits in seinem Volvo auf dem Weg zur Dienststelle, als das Handy auf dem Beifahrersitz klingelte. Er hatte es heute tatsächlich angestellt und bereitgelegt, als hätte er geahnt, dass dies notwendig werden würde. Aus langjähriger Erfahrung wusste er, dass es selten bei *einem* Verbrechen blieb – und inzwischen hatten sie es ja bereits mit einer Serie von Straftaten zu tun. Allerdings ging sein Zugeständnis gegenüber den modernen Kommunikationsmedien nicht weit genug, als dass er sich bisher dazu hätte entschließen können, sein Auto mit einer Halterung für das Telefon oder gar einer Freisprechanlage auszurüsten.

Da die Ampel vor ihm sowieso gerade auf Rot umsprang, nahm er das Gespräch entgegen. Als das Signal wieder Grün anzeigte, setzte er den Blinker in die entgegengesetzte Richtung und fuhr zügig zur Bucht und auf die schmale Straße, die am Deich entlang nach Geertshaven führte. Da weit und breit noch kein Einsatzfahrzeug zu sehen war, suchte er nach der Bank auf der Wegstrecke hinter der Bootsanlegestelle und erkannte sie bald schemenhaft im ersten Dämmerlicht. An dieser Stelle führte ein Pfad schräg den Deich hoch. Ariel parkte den Wagen am Straßenrand und griff instinktiv zur Wolldecke auf der Rückbank.

Er eilte den Deich hoch und sah Merle Feierabend am Ufer frierend auf der Stelle laufen, wobei das Licht des Scheinwerfers an ihrer Stirn auf und ab tanzte. Dankbar nahm sie die Decke entgegen, die er ihr wortlos hinhielt, und legte sie sich um die Schultern.

»Ariel Gelderlo, mon chevalier en armure brillante«, grinste sie.

Ariel spielte gerne den Ritter, durchaus auch in glänzender Rüstung. Mit einer angedeuteten Verbeugung entgegnete er: »Stets zu Ihren Diensten, Frau Feierabend. Und das Glänzen übernehmen zurzeit ja eher Sie. Richten Sie Ihren Scheinwerfer doch einmal auf Ihren Fund!«

Seine Kollegin nahm ihr Stirnband ab und leuchtete ins Schilf.

»Gut, dass ich noch nicht gefrühstückt habe«, bemerkte sie.

»Es gibt Angenehmeres«, bestätigte er. »Aber offenbar hat Ihnen die Geschichte mit den Schreien im Nebel keine Ruhe gelassen.«

»Früher oder später musste irgendwo etwas antreiben, falls die Schreie mit einem Verbrechen im Zusammenhang standen. Dallüge wollte nachher den Weg auch noch einmal ablaufen. Aber wenn ich morgens jogge, dann eben am liebsten hier.«

Ariel bemerkte: »Geverdingen und ich sind gestern zu dem Schluss gekommen, dass Schulze seinen Spießgesellen sicher so bald wie möglich beseitigen würde. Wir haben schon fast damit gerechnet, demnächst eine Leiche zu finden.«

»In diese Richtung hatte ich vorhin auch überlegt.«

»Ich weiß nur noch nicht, wie die Frauenschreie ins Bild passen.«

Inzwischen waren mehrere Wagen auf der Deichstraße angekommen. Stimmen und Türenschlagen waren zu hören, Gerätschaften klapperten und klickten. Kurz darauf standen die Kollegen von der Streife und der Spurensicherung sowie die Rechtsmedizinerin bei ihnen und begannen gleich mit ihrer Arbeit. Die Leiche wurde an ihrem Fundort fotografiert, aus dem Wasser gezogen und vorsichtig umgedreht.

Die Ärztin Angelika Taubert, auch wegen ihrer langen blonden Haare der »Todesengel« genannt, warf einen Blick auf den Toten und meinte: »Der lag höchstens einen Tag im Wasser«. Sie kniete sich neben dem Kopf der Leiche hin und stellte fest: »Schon wieder ein Schlag über den Hinterkopf. Ob er daran gestorben oder ertrunken ist, wird natürlich erst die Obduktion zeigen.« Ariel bemerkte aus dem Augenwinkel, dass Merle Feierabend sich unwillkürlich an den Nacken fasste.

Einer der Streifenbeamten durchsuchte die Taschen des Toten, fand ein Portemonnaie und in diesem einen Ausweis.

»Malte Höfer! Dachte mir doch gleich, dass mir die Visage bekannt vorkommt – auch nach einer Nacht im Meer.«

Ariel kommentierte: »Die Geertshavener Unterwelt rottet sich gegenseitig aus.«

»Leider beschränkt sich der mutmaßliche Täter nicht auf seinesgleichen«, erwiderte seine Kollegin.

Ariel seufzte: »Ja, bei uns in Valckenburg hat es leider die Falschen getroffen.«

»Noch wissen wir ja nicht, wo Höfer umgebracht wurde.«

»Stimmt. Es könnte auch auf einem Schiff gewesen sein.«

»Und von der Frage, *wann* er umgebracht wurde, hängt ab, ob er der Empfänger des Lösegelds gewesen sein könnte.«

Die Rechtsmedizinerin betrachtete die beiden amüsiert. »Sobald ich mehr weiß, bekommt ihr *beide* Nachricht von mir. Das ist ja wirklich ein absolutes Novum in der Geschichte Valckenburgs, dass die Kripo aus den beiden Städten einvernehmlich zusammenarbeitet!«

Merle Feierabend zog nur erstaunt die Augenbrauen hoch: »War das hier bisher nicht üblich?«

»Die Kolonie war zu glücklich darüber, sich erfolgreich vom Mutterland emanzipiert zu haben«, antworte Ariel mit seinem verbindlichsten Lächeln.

»Nun, wenn die Chemie einmal stimmt, ist es natürlich viel einfacher«, beendete der »Todesengel« das kleine Geplänkel.

Ariel warf der trotz Wolldecke sichtbar fröstelnden Merle Feierabend einen Blick zu und entschied, dass sie hier jetzt beide nicht mehr gebraucht wurden. »Ich bringe Sie zurück nach Geertshaven«, bot er seiner Kollegin an.

»Das ist lieb! Ich habe meinen Wagen am Anfang des Deichwegs stehen. Dann kann ich noch rasch nach Hause, duschen und kurz was frühstücken.«

Während sie gemeinsam zu seinem Auto gingen, dachte er über das Gespräch der letzten Minuten und die Bemerkungen von Angelika Taubert nach. Es war in der Tat auffällig, wie partnerschaftlich und frei von jedem Revierdenken sich die Zusammenarbeit mit der neuen Kollegin gestaltete, was vielleicht daran lag, dass es eine Kollegin und nicht ein Kollege war. Zudem kannte Merle Feierabend als Ausländerin die festgefahrenen Strukturen noch nicht und konnte es sich daher leisten, darüber hinwegzugehen.

»Danke, dass Sie mich verständigen ließen!«, sagte er, als er den Wagen aufschloss.

Sie lächelte: »Ist es nicht unsere Aufgabe, unsere Kräfte zu bündeln, so gut es geht? Vier Augen sehen doch mehr als zwei.«

»Und vier Ohren hören mehr«, bestätigte er.

»Ich habe inzwischen erfahren, dass die junge Spanierin, die Sweelinck im Casino entlassen hat – Nita heißt sie –, jetzt drüben in Delfzijl arbeitet und dass Teresa Soares sich wahrscheinlich zu ihr geflüchtet hat. Ich werde mich heute auf die Spur der beiden Frauen setzen. Möglicherweise wissen die niederländischen Kollegen mehr.«

»Vielleicht war der Schrei, den die Pastorin gehört hat, von dieser Nita«, überlegte Ariel. »Höfer kannte sie aus dem Casino. Dann hätte sie nicht nur Teresa geholfen, sondern auch ihm. Sie könnte hier auf ihn gewartet haben, um ihn mit dem Boot auf die andere Seite der Bucht zu bringen.«

»Drüben gibt es auch so einen einsam gelegenen Steg wie hier, an dem man mit einem Motorboot oder sogar einer kleinen Jacht noch anlegen kann.«

»Sie kennen sich hier ja schon gut aus! Eine einsame Stelle bietet natürlich noch viel mehr Möglichkeiten als das belebte Delfzijl.«

»Wenn Nita Tresinha vorher schon rübergeholt hat, ist eventuell Teresas Freund Stani ebenfalls bei ihnen.«

»Der allerdings nicht nur von seiner Freundin und von uns gesucht wird, sondern auch von Maik Schulze. Dann würde Nita nicht Höfer holen, wenn dieser Schulzes Kumpan war. Ist nicht Höfer übrigens auch mit Kowaljew zusammen gesehen worden?«

»Dem Toten im Kanal«, nickte Merle. »Wahrscheinlich wird jedes Detail, das wir an einer Stelle herausbekommen, Licht in das Ganze bringen.«

Viel zu schnell für Ariels Geschmack kamen sie an dem kleinen Parkplatz an, wo einsam ein kleines rotes Peugeot-Cabrio stand. Die Geertshavener Kollegin stieg aus und legte die Wolldecke ordentlich gefaltet auf den Beifahrersitz seines Wagens.

»Danke fürs Mitnehmen! Wir bleiben in Kontakt!«

Sie schloss die Tür nicht gleich, und er nutzte die sich ihm bietende Gelegenheit.

»Morgen Mittag wieder im *Seepferdchen*? Heute ist dort Ruhetag.«

»Gerne! Aber wir telefonieren bestimmt vorher.«

Ariel blickte auf seine Uhr und entschied: »Ich fahre jetzt gleich zur Pastorin. Um diese Zeit werde ich sie sicherlich noch antreffen.«

»Die hatte ich auch vor, noch anzurufen. Ich habe eine Vertretung für van Heeren.«

»Das ist ja wunderbar!«

Sie schloss die Beifahrertür hinter sich. Sie winkten einander noch einmal zu und Ariel wendete.

Dörte Böhnisch stellte die beiden Kaffeetassen in die Spülmaschine. Bisher hatte sie mit Béatrice Gelderlos Sohn kaum zu tun gehabt. Er hatte wirklich große Ähnlichkeit mit seiner Mutter: dasselbe distinguierte Verhalten, der ausgewählt höfliche Charme. Eingehend hatte er sich danach erkundigt, wie es ihr gestern gegangen war. Sie hatte geantwortet: »Es lief alles gut. Ich habe das Lösegeld übergeben, den zweiten Ohring erhalten und warte nun auf einen weiteren Anruf.« Mehr durfte sie ihm nicht sagen. Sein freundliches Lächeln signalisierte wortloses Einverständnis mit den ihr auferlegten Bedingungen. Seine Mutter hatte noch spätabends um elf bei ihr angerufen und sich ebenfalls erkundigt, wie es ihr ging. Da hatte de Vries gerade das Pfarrhaus verlassen. So viel anteilnehmende Aufmerksamkeit innerhalb so kurzer Zeit hatte sie bisher in Valckenburg nicht erfahren.

Ihre Gedanken wurden vom Läuten des Telefons unterbrochen. Es war jedoch niemand, der ihr weitere Instruktionen bezüglich der Übergabe des restlichen Schmucks erteilte, sondern die junge Kommissarin aus Geertshaven. Auch Merle Feierabend fragte nach ihrem Befinden, und dann hatte sie eine gute Nachricht: »Ich habe meine Freundin Katharina Liebknecht in Heidelberg gestern Abend erreicht. Sie ist im Prinzip sofort abkömmlich und ganz begeistert von der Idee, nach Valckenburg zu kommen.«

Über all der Aufregung hatte Dörte Böhnisch das Versprechen der Kommissarin, sich um eine Vertretung zu bemühen, völlig vergessen. Erleichtert rief sie aus: »Das ist ja großartig!« und versprach, sich um eine passende Unterkunft zu bemühen.

Als sie aufgelegt hatte, dachte sie mit leise nagendem Gewissen an die kleine möblierte Mitarbeiterwohnung im

Pfarrhaus, die zurzeit leer stand. Diese hatte sie der Kommissarin gegenüber nicht erwähnt. Auf demselben Flur lag auch ein Zimmer für Durchreisende. Dort hatte sie gerade einen anderen Logiergast untergebracht – besser gesagt: versteckt.

Der junge Mann hatte sein Leben gründlich in eine Sackgasse manövriert: Sowohl die Polizei als auch die Unterwelt waren ihm auf den Fersen. Doch nun erwartete seine Verlobte ein Kind, und er hatte endgültig beschlossen, sein Leben zu ändern. Dörte Böhnisch kannte ihn schon länger und glaubte ihm seine Geschichte. Sie hatte versprochen, ihm zu helfen. Doch dies war nur an der Polizei vorbei möglich. Sie wusste mit Sicherheit, dass er zumindest einige Taten, die ihm zur Last gelegt wurden, nicht begangen hatte. Den Beweis dafür konnte wiederum nur die Polizei erbringen, wenn sie den richtigen Verbrecher fasste.

Doch diese Angelegenheit musste jetzt gegenüber den Alltagsaufgaben im Pfarramt zurücktreten. Dörte Böhnisch hatte einige Krankenbesuche bei alten Gemeindegliedern zu machen, die in der Geertshavener Klinik lagen. Bei der Gelegenheit konnte sie auch bei van Heeren noch einmal vorbeischauen. Am Nachmittag stand außer dem Konfirmandenunterricht das Trauergespräch bei der Familie des ums Leben gekommenen Wachmanns an. Die Beerdigung würde am Freitag sein, dazwischen lagen am Mittwoch noch der Seniorenadvent und der Begegnungstreff für Flüchtlinge und am Donnerstag die Krippenspielprobe, für die einige Rollen umzuschreiben waren. Da sie auch für die Gottesdienste am Wochenende noch keinen Schlag getan hatte, blieb wenig Zeit, die Ansprache für die nicht einfache Beisetzung auszuarbeiten. Sie hoffte sehr auf brauchbare Impulse durch den Heiligen Geist. Eine Orgelvertretung für den Trauergottesdienst musste ebenfalls noch gefunden werden – doch darum konnte sich Frau van der Meer, die Gemeindesekretärin, kümmern.

Das unverhoffte Angebot der Kriminalkommissarin war ein Segen. Die Pastorin griff zum Telefon und wählte die Nummer der Heidelberger Kirchenmusikerin. Hatte sie mit dieser alles geklärt, musste sie noch den Kirchenvorstand über die Vertretungsregelung informieren. Vielleicht konnte Katharina Liebknecht bereits den Wochenschlussgottesdienst am Samstagabend an der Orgel begleiten und sich danach den Kirchenältesten vorstellen.

Dr. Schlüter, der Finanzkämmerer, musste jedoch zwingend sofort von der neuen Entwicklung in Kenntnis gesetzt werden, sollte diese überhaupt eine Chance auf Verwirklichung haben. Schlüter, ein pensionierter Richter, war ein notorischer Pedant. Dörte Böhnisch hatte in den Jahren ihres Dienstes gelernt, bei dem früh verwitweten, kinderlosen und vom Leben enttäuschten Juristen den richtigen Ton anzuschlagen. Sie hatte sich angewöhnt, mit einem genau durchdachten Konzept und einem sicheren Auftreten bei ihm vorzusprechen. Mit einer wohlkalkulierten Mischung aus Deutlichkeit und Charme gelang es ihr mittlerweile immer, dass Schlüter am Ende auch ihre verwegensten Ideen für seine eigenen hielt und konsequent umsetzte. Über van Heeren pflegte er in strengem Tonfall zu sagen: »Frau Pastorin, am spielerischen Können und der Improvisationskunst Ihres Organisten mag ja nichts auszusetzen sein. Jedoch seine soziale Kompetenz lässt ganz erheblich zu wünschen übrig. Den einstmals auf so hohem Niveau musizierenden Chor hat er doch über die Jahre völlig heruntergewirtschaftet!«

Dörte Böhnisch fand es immer besonders perfide, wenn Dr. Schlüter van Heeren »ihren« Organisten nannte. Dass sie ihm ansonsten insgeheim zu einem guten Teil recht geben musste, machte die Sache nicht eben einfacher – zumal dem Richter die bei anderen als fehlend beklagte soziale Kompetenz ebenfalls in hohem Maße abging. Grinsend bemerkte sie, dass ihre Gedanken, wenn sie sich ihren Finanzkämmerer vergegenwärtigte, seinem umständlichen Sprachstil folgten.

Doch für Katharina Liebknecht war dies gewiss eine günstige Ausgangsposition. Sie war jung und eine Frau und hoffentlich »sozial kompetent«. Wenn sie zudem noch hübsch war, würde Dr. Schlüter sicherlich dahinschmelzen, und ihr würden alle Türen offen stehen.

Die Heidelberger Musikerin meldete sich am Apparat. Sie hatte eine äußerst sympathische, warme und wohlklingende Stimme, wie Dörte Böhnisch gleich feststellte. Die Verabredungen waren schnell und unkompliziert getroffen. Als die Pastorin den Hörer wieder auflegte, lehnte sie sich erleichtert aufatmend zurück. Sie freute sich auf die neue Mitarbeiterin.

Dann kehrte ihre Anspannung zurück, als ihr einfiel, dass sie in die Kirche zu gehen hatte, wieder um zehn Uhr abends, um den restlichen Brautschmuck der Gräfin in Empfang zu nehmen. Sie fragte sich, wie sie das hatte vergessen können. Immerhin hatte sie in der Nacht kaum geschlafen. Doch über den Tagespflichten hatte sie die beängstigende Aufgabe völlig verdrängt. Wirkliche Ruhe würde sie erst finden, wenn sie den Schmuck wieder aus den Händen gegeben hatte, für den bereits Menschen geopfert worden waren. Die Kostbarkeiten, ursprünglich für die Hochzeit einer jungen Frau angefertigt, hatten schon lange ihre Unschuld verloren.

Merle beauftragte Dallüge, sich bei den niederländischen Kollegen nach Nita zu erkundigen, die laut Melderegister mit vollem Namen Juanita Gonzalez hieß und 28 Jahre alt war. Der Polizeicomputer wusste außerdem von einer Strafanzeige, die Henk Sweelinck gegen die Spanierin erhoben hatte, die jedoch von der Staatsanwaltschaft mangels Beweisen nicht weiter verfolgt worden war. Gleichwohl hatte er die Kündigung nicht zurückgenommen, Nita war jedoch nach wie vor in Geertshaven gemeldet.

Bevor Dallüge sich seinem Auftrag zuwandte, meinte er beiläufig: »Ach übrigens, dein Lars hat vorhin Hilfe aus dem Wirtschaftsdezernat angefordert. Uwe ist nach Amsterdam aufgebrochen.«

Merle nahm diese Nachricht mit einem Nicken zur Kenntnis und verließ das Büro.

Draußen hatte sich der Nebel noch mehr gelichtet, es war kalt und sonnig. Merle startete eine neue Runde durch die Hafenkneipen, diesmal auf der Suche nach weiteren Informationen über Stanislaw Michalski alias Janusz Tomaszewski. Ohne in den Spelunken Entscheidendes erfahren zu haben, wärmte sie sich in *Knuts alter Schiffslaterne* mit einem Glas Orangen-Ingwer-Tee, einer weiteren von Knuts Spezialitäten. In diesem Lokal trafen sich ganz

Geertshaven und halb Valckenburg, vom Obdachlosen bis zum Millionär, der seine Jacht im Hafen liegen hatte. Hier war auch der »rote Stani« ein bekannter Gast.

»Der Stani, das ist keine große Nummer«, führte der Wirt aus. »Was interessiert sich die Polizei für Stani? Er arbeitet nie auf eigene Rechnung, und wenn er für jemanden unterwegs ist, dann geht es dabei in der Regel nicht um Dinge, die euch beunruhigen müssten. Dem hätte mal jemand eine Chance geben sollen, dann wär vielleicht sogar was Richtiges aus dem Kerl geworden. Na ja, vielleicht ist es ja noch nicht zu spät.«

»Sind unter diesen Auftraggebern zum Beispiel Sweelinck und de Vries?«

Knut zuckte mit den Schultern.

»Der eine vielleicht nicht. Ich weiß es nicht genau.«

Während Merle von ihrem dampfenden Getränk nippte, erfuhr sie, dass Stanislaw Michalski am Vorabend in Geertshaven noch gesehen worden sei. Interessanter noch als dieser Hinweis erschien ihr ein weiterer: Demnach hatte ganz früh am Morgen ein Mann mit einem Köfferchen auf dem Anlegesteg zwischen Valckenburg und Geertshaven gestanden, also dort, wo die Pastorin tags zuvor Schreie gehört hatte, und ganz in der Nähe der Stelle, an der sie selbst etwas später den Toten entdeckt hatte. Dies hatte ein Hobbyfischer erzählt, der ursprünglich mit seinem Boot an diesem Steg anlegen wollte, dies dann aber unterlassen habe, weil ihm die Erscheinung unheimlich vorgekommen sei. Maik Schulze mit dem Lösegeld, nachdem er Malte Höfer umgebracht hatte? Merle dachte bei sich, dass der Anlegesteg allmählich zum Laufsteg der Verbrecher avancierte.

»Stanis Freundin übrigens war zuletzt am Sonntagabend hier. Kennen Sie sie eigentlich?«

»Nein. Hätte ich sie sehen können?«

»Sie verließ das Lokal, als Sie gerade kamen. Sie haben sich dann auf den Platz gesetzt, den sie eben freigemacht hatte.«

»Ich erinnere mich vage an eine junge Frau, die an mir vorbeigehuscht ist. Gleichzeitig mit mir ist ja offenbar ihr Arbeitgeber gekommen.«

»Herr Sweelinck besucht mein Lokal regelmäßig«, bestätigte der Wirt. »Gelegentlich hat er sich hier auch mit Ihrer blonden Kollegin getroffen.«

»Evelyne de Jong?«

»Ja, genau. Ihre Mutter ist übrigens Sweelincks Buchhalterin. Der Vater hat sich schon vor Jahren nach Amerika abgesetzt. Das Mädchen hat es nicht immer leicht gehabt.«

Merle trank ihren Tee aus und zahlte, bedankte sich bei Knut und machte sich wieder auf den Weg.

»Moin, Chef!«, wurde Ariel Gelderlo von seinem Assistenten begrüßt. »Möchten Sie einen ersten Überblick darüber, wie oft Maik Schulze seit Sonntagabend in Valckenburg gesehen wurde?«

»Die Gelegenheiten, zu denen er an verschiedenen Orten gleichzeitig erkannt wurde, können Sie überspringen. Gibt es denn etwas darunter, was Ihnen glaubhaft erscheint?«

»Der Wirt vom *Roten Hering* erzählt von einem Gast, auf den die Beschreibung genau zutrifft, der gegen neun Uhr in die Wirtschaft kam und blieb, bis das Lokal um

Mitternacht schloss. Er war alleine, hat Schnitzel mit Pommes gegessen und drei Bier getrunken. Olga, die Bedienung, hat bemerkt, dass er aufmerksam in der Ausgabe von *Meer und Heimat* gelesen hat, in der ausführlich über den Ring und den Brautschmuck der Gräfin berichtet wurde. Sie hat versucht, ein Gespräch mit ihm anzufangen, weil sie sich selbst brennend für diese Geschichte interessiert. Doch er hat sie nur angeknurrt, sie solle sich um ihre eigenen Angelegenheiten kümmern.«

»So weit zu Sonntagabend. Das füllt uns ja schon gut unsere Lücken. Gibt es zu gestern auch etwas Brauchbares?«

»Nicht wirklich.«

»Von Höfer keine Spur?«

»Jedenfalls nicht in Valckenburg. Mal gucken, was die Geertshavener Kollegen uns erzählen können.«

»Dann tragen wir einmal die Zeiten zusammen, die wir bisher wissen oder mit einiger Sicherheit vermuten können.«

»Schießen Sie los, Chef, ich notiere das auf dem Whiteboard.«

»Das Konzert begann um achtzehn Uhr. Ich habe die Kirche gegen zehn vor acht verlassen – als letzter Besucher, abgesehen von dem alten Niederländer, der sich als harmlos erwiesen hat. Van Heeren war noch auf der Empore, was Schulze aber nicht wissen konnte. Ich vermute, er hat sich ab ungefähr halb acht um die Kirche herumgedrückt.«

Geverdingen notierte die Zeiten und ergänzte: »Wenn wir davon ausgehen, dass Schulze mit einem eigenen Pkw unterwegs war, brauchte er etwa eine Viertelstunde von

Geertshaven. Einschließlich Parkplatzsuche und so weiter nehmen wir mal an, dass er spätestens um sieben in Geertshaven losgefahren ist.«

»Dann hat er davor seinen alten Kumpel Boris Kowaljew getroffen, niedergeschlagen und in den Kanal gestoßen«, übernahm Ariel wieder. »Ab ungefähr siebzehn Uhr ist es dunkel genug, dass er das zumindest im Schutz der Dunkelheit tun konnte.«

»Von der Recherche der Kollegin Feierabend wissen wir, dass er sich nachmittags in den Kneipen nach Kowaljew und Tomaszewski erkundigt hatte und bei Tomaszewskis Freundin im Treppenhaus gesehen wurde. Und wir wissen, dass Tomaszewski sich hier Michalski nennt und seine Freundin Teresa Soares heißt.«

Geverdingen verteilte alle diese Informationen auf dem Whiteboard und verband sie mit Pfeilen. Wo er zu den Namen Fotos zur Verfügung hatte, befestigte er diese mit Magneten auf der Tafel.

Ariel setzte fort: »Gegen zwanzig Uhr muss Schulze dann van Heeren niedergeschlagen haben. Gegen halb neun haben Sie mich angerufen.«

»Die Meldung ging um zwanzig Uhr achtzehn in der Dienststelle ein. Ich war um zwanzig Uhr sechsundzwanzig in der Kirche, habe mich kurz orientiert und Sie gleich angerufen.«

»Und gegen einundzwanzig Uhr trifft Schulze im *Roten Hering* ein und bleibt dort bis Mitternacht.«

»Dann ist er zum Schloss gegangen, ins Erdgeschoss des Gartenhauses eingebrochen und hat dort die Nacht verbracht. Spätestens dort müsste er im Laufe der Nacht auf seinen möglichen Komplizen getroffen sein und hat ihm die Zeichnung mit dem Versteck des Schmucks gegeben. Der andere ist daraufhin im Obergeschoss eingestiegen, hat das Schmuckkästchen gefunden und die Lösegeldforderung hinterlassen.«

»Um vier Uhr war ein Wachwechsel. Und beim nächsten Wachwechsel um acht Uhr wurde der Wachmann Waldemar Held niedergeschlagen aufgefunden und kurz darauf der Diebstahl des Rings bemerkt.«

»Also muss Schulze irgendwann zwischen vier und acht Uhr alleine im Schloss eingebrochen sein. Laut Frau Bergemann war Held vermutlich maximal drei Stunden bewusstlos, als er in der Klinik eingeliefert wurde. Das grenzt die Zeit auf etwa fünf Uhr dreißig ein, vermutlich kaum später als sechs oder halb sieben.«

»Und da Ihnen für Montag keiner einen brauchbaren Hinweis gegeben hat, verliert sich damit Schulzes Spur fürs Erste. Und die Spuren des anderen haben wir ausschließlich im Obergeschoss des Gartenhauses festgestellt. Das könnte unter Umständen auch bedeuten, dass er nicht der Mittäter, sondern der Auftraggeber war. Er hat sich lediglich für die Schatzkarte und den Schmuck interessiert, die Lösegeldforderung aufgegeben und die Drecksarbeit Schulze überlassen.«

»Der sich in der Tat als Mann fürs Grobe vorzüglich eignet.«

Das Telefon klingelte. Ariel nahm ab. Es war die Gerichtsmedizinerin Angelika Taubert. Er stellte laut, damit sein Assistent mithören konnte.

»Höfer ist nicht ertrunken. Er hat zwei Schlagwunden.

Eine am rechten Hinterkopf – die habe ich ja schon am Fundort bemerkt – und eine zweite an der linken Schläfe. Der zweite Schlag war letal. Der erste hat weder zum Tod noch zur Bewusstlosigkeit geführt. Dafür war er nicht stark genug – jedoch vermutlich kräftig genug, um Höfer aus dem Gleichgewicht zu bringen. Wahrscheinlich ist er mit der Schläfe irgendwo aufgeschlagen, und das hat ihn sofort getötet. Übrigens stand sein Hosenschlitz offen.«

»Wie lange ist er etwa tot, und wie lange hat er im Wasser gelegen?«

»Wie ich schon sagte: Er lag höchstens einen Tag im Wasser. Nach der Obduktion würde ich sagen: ungefähr zwanzig Stunden, maximal zwei Stunden mehr oder weniger. Der Tod könnte etwas früher eingetreten sein.«

»Dann hätte man den Toten später ins Wasser geworfen.«

»Genau.«

»Noch eine Frage: Wissen Sie zufällig Höfers Schuhgröße?«

»Warten Sie, ich schau gerade nach. – Fünfundvierzig.«

Ariel bedankte sich und beendete das Gespräch. Geverdingen hatte die neuen Informationen bereits auf dem Whiteboard festgehalten und resümierte: »Diese Erkenntnisse decken sich von der Zeit her durchaus mit der Aussage der Pfarrerin, die kurz nach neun Uhr morgens Schreie gehört hat.«

»Doch als Empfänger des Lösegelds am selben Tag zwischen zwanzig und dreiundzwanzig Uhr scheidet Höfer damit aus.«

»Jedoch noch nicht als möglicher weiterer Täter im Schloss.«

»Danach verliert sich seine Spur. Den Schmuck wird er kaum Schulze gegeben haben. Aber wem dann? An der Leiche ist nichts gefunden worden.«

»Wir suchen also auf jeden Fall nach dem großen Unbekannten.«

»Der Höfer sein kann, aber nicht muss. Wir bringen ihn ja nur wegen des Schlages auf den Hinterkopf mit Schulze in Verbindung. Er hatte möglicherweise gar nichts mit den Überfällen zu tun.«

»Vielleicht eine Abrechnung. Irgendeine alte Geschichte, wie bei Kowaljew. Schulze hat Höfer gesucht, von hinten überrascht, höchstwahrscheinlich beim Pinkeln …«

»… der offene Hosenstall.«

»Höfer ist gestürzt und gestorben. Dann hat Schulze die Leiche im Wasser entsorgt.«

»So könnte es gewesen sein. Doch wie hängen die Frauenschreie damit zusammen?«

»Keine Ahnung. Aber wenn eine Frau im Spiel ist, dann könnte Höfers offener Hosenstall auch auf eine andere Möglichkeit hinweisen.«

Geverdingen notierte ihre Vermutungen und zeichnete Pfeile dazwischen. Dann fragte er: »Was wissen wir über Höfer?«

»Zweiundvierzig Jahre alt, geboren in Valckenburg, nach außen hin geordnete Verhältnisse: Vater Lehrer, Mutter kurzzeitig berufstätig, aber überwiegend Hausfrau. Einziger Sohn nach zwei Töchtern. Es war ein offenes Geheimnis, dass der Vater Frau und Kinder schlug. Damals war das noch kein Straftatbestand. Der Sohn hat Abitur gemacht, geriet aber schon als Schüler in die Drogenszene.

Bald nach dem Abi der erste kurze Gefängnisaufenthalt wegen Dealerei. Geschickt und gut im Rechnen. Sweelinck hat ihn schließlich im Casino unter seine Fittiche genommen, dort hat Höfer hauptsächlich im Wachdienst gearbeitet. Er träumte davon, Croupier zu werden – und es spricht für Sweelinck, dass er dem jungen Mann tatsächlich die Chance dazu bieten wollte, aber Höfer hat die Prüfung nicht bestanden, wofür er Sweelinck die Schuld gab.«

»Ach, Chef, wenn ich nicht innerhalb der nächsten Jahre Polizeipräsident werde, dann weiß ich ja, wer daran schuld ist!«

Sie lachten beide. Dann fuhr Ariel fort: »Höfer hat wieder das eine oder andere krumme Ding gedreht. Schließlich hat Sweelinck ihn entlassen und Höfer ist für lange Zeit untergetaucht, hat sich vermutlich ins Ausland abgesetzt. Vor anderthalb Jahren tauchte er wieder auf und versuchte gemeinsam mit seinem Komplizen Piet Janszon das große Ding. Vor einem Monat sind die beiden aus der Haft entlassen worden. Und laut den Geertshavener Kollegen wurde Höfer zweimal mit Kowaljew zusammen gesehen.«

Geverdingen verband die beiden Namen mit einem weiteren Pfeil und bemerkte: »Beide sind auf die gleiche Weise ums Leben gekommen. Methode Schulze.«

»Nicht ganz auf die gleiche Weise: Höfer war schon tot, als er ins Wasser geworfen wurde.«

»Vielleicht ist er auch auf einem Schiff zu Tode gekommen. Am Anlegesteg waren jedenfalls keine Kampfspuren.«

»Und falls er das Gleichgewicht verloren hat und irgendwo gegengestoßen ist, wie unser Todesengel vermutet, dann gibt es auf einem Boot dafür mehr Möglichkeiten. Falls er nicht ganz woanders starb.«

»Bleiben die beiden Frauenschreie, die die Pastorin gehört hat«, erinnerte Geverdingen. »Eine Zeugin von Höfers Tod? Oder selbst Opfer einer Gewalttat?«

»Die beiden Schreie können natürlich auch von zwei verschiedenen Frauen gekommen sein.«

»Kollegin Feierabend sucht ja nun in Delfzijl nach zwei Frauen: Teresa und dieser Nita.«

»Die beide in das Geschehen verwickelt sein können oder auch nicht. Oder nur eine von beiden.«

Ariels Diensthandy klingelte. Während er es aus der Tasche zog, sagte sein Assistent: »Ich lege auf meinem Computer mal eine Mindmap mit diesen Informationen an.«

Ariel nickte, nahm den Anruf entgegen und stellte wieder laut.

»Kollegin Feierabend, Sie rufen gerade zum richtigen Zeitpunkt an. Wir haben alle uns bekannten Daten auf dem Whiteboard zusammengetragen. Mein Assistent hat viele schöne Pfeile zwischen die Namen gemalt und Bildchen drangeheftet. Und jetzt macht er gerade eine – wie heißt das Teil?«

»Mindmap, Chef!«

»Mindmap. Genau.«

Merle Feierabend lachte: »Sie meinen, wer einen schönen historischen Volvo fährt, muss auch nicht wissen, wie eine Mindmap funktioniert! Aber Ihr Assistent soll mir die mal gleich rüberschicken, wenn er fertig ist. Ich schicke ihm dafür meine.«

Ariel, der im Grunde sehr gut über die neuen Arbeitsmethoden der Polizei Bescheid wusste, aber gerne den traditionsbewussten Gentleman-Ermittler spielte, grinste fröhlich: »Das wird er bestimmt gerne tun.«

Geverdingen rief: »Sobald sie fertig ist, geht sie raus!«

»Wir haben hier nur wenige Neuigkeiten«, fuhr Merle Feierabend fort. »Eike Dallüge hat von der niederländischen Polizei erfahren, dass Teresas Freundin Juanita Gonzalez gestern nicht an ihrem Arbeitsplatz in Delfzijl erschienen ist. Von Teresa gibt es bis jetzt keine Spur. Stanislaw dagegen, hat man mir erzählt, hätte sich gestern Abend in Geertshaven aufgehalten. Und ein Mann mit Köfferchen – er könnte zum Beispiel Maik Schulze heißen – ist auf dem Anlegesteg gesehen worden, Sie wissen schon, welchem. Dort hat er vermutlich auf den Dampfer gewartet.«

Ariel lachte und fing an zu singen: »Ein Schiff wird kommen und meinen Traum erfüllen …« Er sah Geverdingens entgeisterten Blick, hörte schallendes Gelächter im Telefon und erklärte fröhlich: »Das hat meine Mutter gerne angestimmt, wenn sie meinen Vater ärgern wollte. – Ich entnehme Ihren Informationen, dass Sie sich gut in Geertshavens Kneipen unterhalten haben.«

»Knut war sehr gesprächig. Und ein bisschen Seemannsgarn ist ja wohl immer dabei.«

»Was werden Sie als Nächstes tun?«

»Ich freue mich jetzt auf einen kräftigen bulgarischen Kaffee. Und danach schaue ich mich einmal selbst ein bisschen auf der niederländischen Seite um.«

»Na, dann. Und was Sie im Kaffeesatz entdecken, teilen Sie uns nachher mit!«

Ein etwa vierjähriges Mädchen öffnete die Tür und guckte Merle neugierig aus großen dunklen Augen an.

»Ich bin Sofia. Und wer bist du?«

»Hallo, Sofia. Ich bin Merle. Sind deine Eltern da?«

»Die Mama ist da. Ich bin heute nicht in den Kindergarten gegangen. Ich hatte nämlich Halsweh. Und Papa arbeitet. Wenn der zurückkommt, schlafe ich schon.«

Hinter Sofia war eine junge hochschwangere Frau im Flur erschienen. Merle zeigte ihren Ausweis und ihre Erkennungsmarke vor.

»Frau Jordanova? Es geht um Ihre Nachbarin, Teresa Soares. Mein Name ist Merle Feierabend, ich bin von der Kriminalpolizei. Ich habe gestern schon kurz mit Ihrem Mann und Ihrem Schwager im Treppenhaus gesprochen und durfte noch einmal vorbeikommen.«

Die Frau bat sie hinein. Das kleine Mädchen wollte den Ausweis und die Marke unbedingt noch einmal sehen und fragte dann: »Warum hast du keine Uniform an? Als die Polizei zu uns in den Kindergarten kam, hatten sie Uniformen an.«

Merle erklärte dem Kind lächelnd den Unterschied und fragte, was Sofia mit der Polizei erlebt hatte. Die Kleine plapperte munter drauflos, und Merle registrierte dankbar, dass bei der scheuen Mutter das Eis brach.

»Trinken Sie Kaffee?«, fragte Frau Jordanova und verschwand in der Küche, als Merle antwortete: »Gerne. Danke!«

Nach einer Weile kam die junge Frau mit einem Tablett zurück, darauf standen zwei bunte kleine Kaffeetassen mit Goldrand, ein Kupferkännchen mit langem Stiel, eine Zuckerdose, zwei Gläser Wasser und eine Limonade für Sofia. Sie stellte alles auf den Tisch, öffnete eine Packung Kekse und schien froh, sich noch mit dem Eingießen des Kaffees beschäftigen zu können. Schließlich hatte sie nichts mehr zu tun und setzte sich Merle mit einem unsicheren Lächeln gegenüber. Sie strich sich eine lose Strähne aus dem Gesicht, die sich aus den zurückgebundenen Haaren gelöst hatte. Sie trug kein Make-up, war recht klein und zierlich und zurückhaltend gekleidet. Merle schätzte sie auf vierundzwanzig. Sofia hatte ihr inzwischen verraten, dass sie selbst im Januar vier Jahre werde.

»Mmh, der Kaffee duftet aber sehr gut!«

Merle rührte drei Zuckerstücke in ihr Tässchen.

»Und er schmeckt auch sehr gut!«

Nach ein paar weiteren freundlichen Bemerkungen über den Kaffee, die Kekse und Sofia schien Merle die Brücke tragfähig genug, um sich nach Tresinha zu erkundigen. Die Bulgarin sprach lange nicht so fließend Deutsch wie ihre kleine Tochter und gab deshalb nur stockend Auskunft. Nach einer Stunde, einer weiteren Tasse Kaffee, drei Gläsern Wasser und zwei zuckersüßen Keksen hatte Merle immerhin erfahren, dass Teresa auch schwanger war, aber erst im dritten Monat. In letzter Zeit sei sie viel in die Kirche gegangen, um dort alleine zu beten. Sie habe davon gesprochen, dass sie ihren Freund gerne heiraten würde, aber dieser noch keine feste Arbeit habe, sondern nur Gelegenheitsjobs. Tresinha habe ihren Freund gedrängt, sich eine Arbeit in der Konservenfabrik zu suchen, in der auch Konstantin Jordanoff beschäftigt sei, aber Stani habe offenbar etwas anderes im Sinn. Er sage oft, dass der Bauunternehmer, für den er häufig Botengänge und kleinere Aufträge erledige, ihn bestimmt bald fest einstelle. Merle hatte einen begründeten Verdacht, um wen es sich bei diesem Bauunternehmer handelte, und beschloss, ihn bei einer günstigen Gelegenheit darauf anzusprechen. Sie erfuhr ferner, dass Teresa sich nicht zurück nach Portugal traute, solange sie nicht verheiratet war. Und über ihre Freundin Nita habe sie in letzter Zeit oft Zweifel geäußert.

Merle verabschiedete sich und fuhr mit dem Fahrrad, das sie angesichts des inzwischen sonnigen Wetters herausgeholt hatte, zurück zur Dienststelle. Sie schaute kurz bei Dallüge herein und teilte ihm mit, was Katia Jordanova ihr erzählt hatte. Er konnte hingegen nichts Neues berichten.

»Ich fahre jetzt trotzdem mal rüber nach Delfzijl und schau mich ein bisschen um«, verabschiedete sie sich und tauschte für diesen Ausflug wieder ihr Fahrrad gegen den kleinen Peugeot.

Erwartungsgemäß geriet ihre Erkundung nicht sehr ergiebig. Immerhin konnte sie sich ein Bild von der Kaschemme im Hafenviertel machen, in der Nita zuletzt als billige Aushilfskraft tätig gewesen war. Davon konnte sie vermutlich kaum leben, doch ihre möglichen weiteren Einnahmequellen gingen Merle nicht notwendig etwas an. Jens Spieker, ein junger aus Valckenburg stammender Kollege, begleitete sie zu dem Lokal. Unterwegs erzählte sie ihm von den Ermittlungen, für die Gelderlo und sie bisher so wenige Anhaltspunkte besaßen. Von den Vorfällen in Valckenburg und Geertshaven hatte man auf der niederländischen Seite schon gehört. Nach Maik Schulze wurde bereits gefahndet, jedoch bislang ergebnislos. Für eine Fahndung nach dem zweiten Täter, falls es nicht Höfer war, hatten sie bisher nichts in der Hand.

In dem von zwei Marokkanern geführten Etablissement konnte man etwas trinken, eine Kleinigkeit essen, sein Glück an einem der Spielautomaten versuchen und Zimmer mieten, auch stundenweise. Spieker war hier schon bekannt, er hatte Merle erzählt: »Gegen die beiden Männer liegt offiziell nichts vor. Doch wir vermuten viele dunkle Geschäfte, unter anderem Drogen und Frauenhandel. Aber wir wissen wenig und können noch weniger nachprüfen. Bisher haben wir vergeblich versucht, ihnen etwas nachzuweisen.«

Eine verlebt aussehende dunkelhaarige Frau, die vermutlich dennoch kaum älter als zwanzig war, bediente einen einsam trinkenden Kunden. Ja, sie kannte Nita. Die sei vor ein paar Monaten gekommen, aber jetzt verschwunden. Näheres wisse sie nicht. Von einer Maria Teresa oder Tresinha Barroso Soares hatte sie nie etwas gehört. Es seien wohl weitere Frauen in dem Lokal beschäftigt, aber keine Portugiesin. Sie müsse jetzt nach den Gästen schauen.

Das war freilich rasch erledigt, dennoch ließ Merle die junge Frau in Ruhe. Einer der beiden Besitzer war im Schankraum aufgetaucht, begrüßte Spieker, ließ sich von diesem Merle vorstellen und zeigte sich äußerst hilfsbereit. Leider könne er gar keine Auskunft zu der Gesuchten geben – und was Nita anging, so war das einfach ein Fehlgriff gewesen, wie sehr die Menschen einen doch enttäuschen konnten! Aber ob die beiden Herrschaften denn nicht einen Kaffee wollten? Jens Spieker stimmte begeistert zu. Merle wurde es bei dem Gedanken an Kaffee ganz bitter im Mund, sie ließ sich aber gerne einen Tee aus frischer Pfefferminze aufbrühen. Ohne große Hoffnung zeigte sie dem Gastwirt das Foto von Maik Schulze. Der Mann hatte den Gesuchten nie gesehen, versprach aber jede erdenkliche Hilfe. Merle ließ ihm das Foto da. Auf dem Rückweg durch das Städtchen, das seine besten Zeiten sichtbar hinter sich hatte, erzählte Spieker, dass einer der Marokkaner als Besitzer eines Bootes registriert war, das im Hafen von Delfzijl vor Anker lag, doch in den letzten Tagen nicht bewegt worden sei, so viel man wusste.

»Aber Boote gibt es genug. Sich eins zu beschaffen, ist nicht weiter schwierig. Und die beiden einsamen Anlegestege sind mir schon lange ein Dorn im Auge, vor allem der auf unserer Seite. Wenn es nach mir ginge, wäre da zumindest eine Videoüberwachung installiert.«

Als sie wieder am modernen Backsteinbau der Polizei ankamen, meinte Spieker lächelnd: »Haben Sie noch einen Moment Zeit? Dann stelle ich Sie einem berühmten Kollegen vor. Dazu müssen wir aber ein kleines Stück fahren.«

Er lotste sie über eine halbseitig bebaute Straße, an einem Sportplatz vorbei und durch ein Wohnviertel hindurch bis zu einer kleinen Parkanlage. Dort führte er sie zu der auf einem Podest stehenden Statue eines Mannes mit Pfeife, Hut und Mantel.

»Darf ich vorstellen: Kommissar Jules Maigret, Paris. Kommissarin Merle Feierabend, Geertshaven.«

Merle lachte, zückte ihr Mobiltelefon und nahm ein Selfie mit ihren beiden Kollegen auf.

Sie setzte Spieker wieder am Polizeibüro ab, versprach, in Kontakt zu bleiben, und machte sich auf den Rückweg.

Spontan beschloss sie, unterwegs bei Ariel Gelderlo und Kai Geverdingen vorbeizuschauen, und erstand in einer einladend an der Straße liegenden Bäckerei frische Appelmeisjes.

Erschöpft und müde saß Dörte Böhnisch vor ihrem Computer und versuchte, sich auf die Traueransprache für den erschlagenen Wachmann Waldemar Held zu konzentrieren. Ein arbeitsreicher Tag lag hinter ihr und war leider noch nicht zu Ende. Im Krankenhaus hatte sie zumindest die gute Nachricht entgegennehmen können, dass van Heerens Zustand stabil und nicht mehr lebensbedrohlich sei. Man rechne damit, dass er durchaus in den nächsten Tagen aufwachen könne, aber eine Rekonvaleszenz von vermutlich mehreren Monaten vor sich habe. Sie hatte sich in dem Einzelzimmer an sein Bett gesetzt, seine Hand genommen und ihm ein paar Strophen aus Adventsliedern vorgesungen. Die weiteren Besuche waren unkompliziert und durchaus voll netter Begegnungen.

Die zwölf Konfirmanden hatte sie mit Bastelarbeiten beschäftigt, was zu einer unerwartet erholsamen und besinnlichen Unterrichtsstunde führte, da selbst die fünf Jungen mit Leib und Seele dabei waren. Dennoch hätte sie vor dem beschwerlichen Trauerbesuch gerne eine längere Pause gehabt als die gute halbe Stunde, die ihr letztlich geblieben war. Die beiden Kinder des Wachmanns, die dreiundzwanzigjährige Anastasia und den neunzehnjährigen Anatol, hatte sie konfirmiert und anlässlich der Silberhochzeit von Waldemar und Lydia Held erst in diesem Sommer die kirchliche Trauung nachgeholt. Der kurz vor

Anatols Geburt aus Kasachstan über Deutschland eingewanderten Familie waren die kirchlichen Amtshandlungen sehr wichtig, auch wenn sie, mit Ausnahme der Großmutter, keine regelmäßigen Kirchgänger waren. Lydia Helds Mutter trug mit Stolz auch außerhalb der Gottesdienste ihr Kopftuch und war schon glücklich, wenn alle Familienmitglieder zumindest getauft, konfirmiert und getraut wurden. Als nächste Feier hätte man eigentlich Anastasias Hochzeit erwartet. Nun war dieser grausame Todesfall dazwischengekommen und überschattete alles.

Die Familie hatte vor einigen Jahren ein älteres Reihenhaus am Rand des Altstadtbezirks erworben und in Eigenleistung renoviert. Als Dörte Böhnisch dort angekommen war, hielten sich mindestens zwanzig Menschen in dem kleinen, mit Sitzgelegenheiten vollgestellten Wohnzimmer auf und fünf bis zehn weitere in der Küche, es war ein reges Kommen und Gehen. Sie hielt die schluchzende Witwe lange wortlos in den Armen, umarmte auch Anastasia und die alte Großmutter und drückte Anatol, der mühsam um Fassung rang, fest die Hand. Dann saß sie mit den engsten Familienangehörigen um den Tisch, ließ sie erzählen und hörte einfach nur zu. Es kam ihr zugute, dass sie die Familie seit Beginn ihrer Amtszeit kannte und etliche persönliche Details bereits wusste. So hatte sie die nötigen Daten für den Lebenslauf bald zusammen.

Nach gut anderthalb Stunden war sie im Licht der Straßenlaternen zurück zum Pfarrhaus gegangen, die Straßen und Häuser waren adventlich beleuchtet. Sie hatte über den Bibeltext nachgedacht, den sie der Trauerfamilie für die Ansprache vorgeschlagen hatte, die Verse 11 und 12 aus dem

139. Psalm: »Spräche ich: Finsternis möge mich decken und Nacht statt Licht um mich sein –, so wäre auch Finsternis nicht finster bei dir, und die Nacht leuchtete wie der Tag. Finsternis ist wie das Licht.«

Auch das Haus Held war für den Advent mit vielen Lichtern geschmückt. Für die Familie hatte sich das Leben buchstäblich schlagartig verfinstert. Zudem tappten alle im Dunkeln – Waldemar Held war einfach zur falschen Zeit am falschen Ort gewesen, die Fragen nach dem Warum und Wieso gingen ins Leere. Dennoch gab es Licht und Wärme in dieser schrecklichen Situation: Die große Familie hielt eng zusammen. Die nicht so unmittelbar Betroffenen organisierten den Alltag und schufen damit eine Hülle von Geborgenheit für die engsten Angehörigen des Erschlagenen. Die Pastorin beschloss, dieses von ihr Erlebte in der Predigt aufzunehmen und so das Licht, von dem die Psalmworte sprachen, für die Trauernden erfahrbar zu machen.

Sie blickte auf die Uhr. Es war höchste Zeit, in die Kirche zu eilen. Auch diesmal griff sie in letzter Minute nach ihrem Fahrradhelm und den Schlüsseln. Ein anderer tröstlicher Psalmvers kam ihr in den Sinn: »Gott ist mein Licht und mein Heil, vor wem sollte ich mich fürchten? Gott ist meines Lebens Kraft, vor wem sollte mir grauen?«

Sie hielt sich an den Worten fest, während sie über das dunkle Pflaster eilte und keine Zeit hatte, nach links oder rechts zu schauen.

Noch mit dem Fahrradhelm auf dem Kopf, setzte sie sich in die erste Stuhlreihe, mit Blick auf den Abendmahlstisch, die Tür im Rücken. Erst jetzt wagte sie, einmal tief durchzuatmen. Sie hatte kein Licht angemacht, die Taschenlampe ihres Smartphones hatte ihr den Weg geleuchtet. Sie schielte aufs Display: 22.01 Uhr. Noch einmal tief durchatmend, schloss sie die Augen und lehnte sich zurück.

»Gott ist mein Licht und mein Heil, vor wem sollte ich mich fürchten? Gott ist meines Lebens Kraft, vor wem sollte mir grauen?«

Die Tür, durch die sie vor einigen Minuten auch hineingeschlüpft war, öffnete sich vorsichtig. Etwas raschelte und wurde auf einem der Kirchenstühle abgelegt. Sie bewegte sich nicht und hielt die Augen geschlossen. Die Schritte entfernten sich leise. Die Tür schloss sich. Stille.

Dörte Böhnisch verharrte einige Minuten ganz ruhig und lauschte auf die Stille. Dann stand sie leise auf und leuchtete mit dem Handy den Weg zurück zum Ausgang. Auf einem Stuhl in der letzten Reihe lag eine Plastiktüte.

SPIANTE CON BRIO

Ariel Gelderlo freute sich auf das Mittagessen mit Merle Feierabend – umso mehr, als er diesmal keine jüngere Konkurrenz befürchten musste. Geverdingen hatte sich gestern bei dem unvermuteten Besuch der Geertshavener Kollegin mächtig ins Zeug gelegt – und wie man hörte, gab es auch in Delfzijl einen erwähnenswerten jungen Kriminalbeamten. Was Ariel sich genau erwartete oder erhoffte, darüber brauchte er sich jetzt keine Rechenschaft abzulegen. Er hatte eine Schwäche für braune Augen – und für ein gutes Essen in angenehmer Umgebung und belebender Gesellschaft.

Der Himmel war mit Ariels Gedanken offensichtlich einverstanden: Die Sonne schien an einem hellblauen Dezemberhimmel, der sich in den Wassergräben zu beiden Seiten der schnurgeraden Straße spiegelte. Der ebenso blaue Volvo schnurrte zwischen den Pappelreihen entlang und trug seinen Herrn zuverlässig durch das Marschland. Dieser sang aus voller Kehle, es hörte ja gerade keiner zu. Nach dem »Mädchen von Piräus« und ein, zwei Weihnachtsliedern fand er zur Siciliana aus dem Konzert, die ihm inzwischen wieder eingefallen war.

Der Vormittag war ganz von der Pressekonferenz geprägt gewesen, zu der er gemeinsam mit seiner Mutter als der Vorsitzenden des Kuratoriums eingeladen hatte. Pastorin Böhnisch, der die Erleichterung noch ins Gesicht geschrieben stand, erzählte von der erfolgreichen Übergabe des Lösegelds und der Entgegennahme des Brautschmucks. Ausgebreitet auf einem Tisch vor dem Rednerpult lagen das wunderbare Collier und die nicht weniger eindrucksvollen anderen Stücke: Diadem, Ohrringe, Armband und Ring. Der zweite Held der Stunde war René Maarten de Vries, dessen Großzügigkeit dieses Ereignis überhaupt erst möglich gemacht hatte und der mit dem Schatz um die Wette in die Kamera strahlte. Der junge Museumsdirektor konnte vor lauter Aufregung und Anspannung gar nicht still sitzen. Lediglich Ariels Mutter, die über dem Ganzen thronte, verzog nicht eine Miene, gestand sich aber ein kleines Lächeln zu, als sie von der besonderen Bedeutung dieses Funds für Kultur und Geschichte Valckenburgs sprach.

Valckenburg heute hatte eine Sondersendung ausgestrahlt, deren entscheidende Teile den ganzen Tag über wiederholt und in der Hauptnachrichtensendung am Abend zusammengefasst und kommentiert werden würden. ZDF, NDR, RTL, NPO, BBC und weitere staatliche und private Fernsehsender aus den Nachbarländern hatten ihre Vertreter gesandt, ebenso die großen europäischen und kleineren regionalen Tageszeitungen, hinter denen die Reporter von *Meer und Heimat*, dem *Utkiek* und den *Valckenburger Nachrichten* nicht zurückstehen wollten – alle prügelten sich geradezu um die besten Fotopositionen, die interessantesten Statements und die unmittelbarsten emotionalen Reaktionen. Amüsiert registrierte Ariel die freie Journalistin Okka Berends. Wie eine erfahrene Kapitänin auf stürmischer See Klippen und Untiefen umschifft, schlenderte sie lässig an dem hektischen Treiben vorbei und fotografierte zielsicher immer diejenigen Persönlichkeiten, um welche ihre Kollegen sich Sekunden später scharten. In ihrer Freizeit redigierte sie den Gemeindebrief von St. Maria Magdalenen und hatte sicher längst Exklusiv-Interviews mit der Pastorin und mit seiner Mutter in der Tasche. Premierminister Bauer, Kulturministerin Laurentzen sowie Wirtschafts- und Tourismusminister Herner sprachen gewichtige Worte in die ihnen hingehaltenen Mikrofone. Der Tag musste mindestens für alle Zukunft als Nationalfeiertag ausgerufen werden! Ein bunter Satz Sonderbriefmarken mit den Abbildungen aller Schmuckstücke war ebenfalls bereits angekündigt worden.

Ende gut, alles gut – hätte es nicht mehrere Tote, einen Schwerstverletzten und mehrere verschwundene Personen sowie immer noch mindestens einen flüchtigen Verbrecher gegeben. Dabei waren die Sachschäden und der ideelle Verlust durch die entwendeten Notenmanuskripte nicht einmal mitgerechnet. Ariels Mitleid für Boris Kowaljew und Malte Höfer hielt sich in Grenzen – doch die trauernde Familie des Wachmanns, die er am Montag kennengelernt hatte, blieb bei dem Jubel außen vor; ihr gehörte sein ganzes Mitgefühl.

Er hielt im üblichen Parkverbot an, direkt unter den Augen einer Politesse, die er noch nicht kannte.

Die Frau kam leicht fassungslos auf ihn zu.

»Sie wissen, dass Sie hier nicht parken dürfen?«

Gelderlo deutete eine Verbeugung an und lächelte sein in ganz Valckenburg, aber offensichtlich nicht in ganz Geertshaven bekanntes Lächeln.

»Gewiss, meine Liebe. So lob ich es mir. Das nenne ich mal eine Dienstauffassung! Ihr Chef Hermann Mejers ist sicher äußerst zufrieden mit Ihnen.«

»Trotzdem müssen Sie jetzt hier wegfahren. Eigentlich hätte ich Sie schon aufschreiben müssen.«

»An der Kundenperformance müssen wir noch etwas arbeiten. Aber Sie haben natürlich trotzdem vollkommen recht.«

Über der Schulter der Politesse erschienen lange braune Haare und sanfte braune Augen.

»Wir wollen Ihnen wirklich keine Unannehmlichkeiten machen. Aber sind Sie sicher, dass Sie den Polizeipräsidenten des Großherzogtums Valckenburg verwarnen wollen? Haben Sie ihn vorhin nicht im Fernsehen gesehen?«

Die neue Mitarbeiterin des Ordnungsamts hatte sichtlich einen wenig ausgebildeten Sinn für Humor. Bevor sie die Verwarnung ausfüllen konnte, saß Merle Feierabend schon auf dem Beifahrersitz des Volvos, und Ariel sagte, mit einem letzten höflichen Winken zur Politesse: »Ich weiß noch ein gutes Lokal. Und dort gibt es genügend Parkplätze.«

Drei Minuten später parkte er vor dem Casino. Er bemerkte, wie seine Begleiterin fröhlich grinste, als sie das Gebäude betraten und dem Geschäftsführer mehr oder weniger in die Arme liefen. Sweelinck lächelte mit hochgezogenen Augenbrauen: »Die Kriminalpolizei erst im Fernsehen und dann bei uns im Haus? Sie wollen essen – nehme ich an?«

»Ihr Gemüse-Cordon bleu hat einen Ruf – zu Recht, wie ich weiß.«

»Ich lasse Ihnen gerne einen ungestörten Platz für Ihr Arbeitsgespräch anweisen. Aber da wir ja heute alle etwas zu feiern haben, komme ich dann einmal kurz zu Ihnen mit einem Gläschen exquisiten Riesling-Sekt, nur zum Anstoßen.«

Ariel freute sich und warf seiner Kollegin einen spitzbübischen Blick zu. Es schien sich zu lohnen, mit Merle Feierabend auszugehen – selbstverständlich nur zu einem Arbeitsgespräch. Sie erwiderte sein Lächeln und bestätigte: »Es gibt wirklich etwas zu feiern – einen Etappensieg in unserem noch ungelösten Fall.«

Der Tisch, zu dem ein Kellner sie führte, war in der Tat vor unerwünschten Blicken und ungebetenen Zuhörern geschützt – und der Sekt, der ihnen eingeschenkt wurde, wirklich ausgezeichnet. Als Sweelinck sie nach einem kurzen Toast und dem Austausch einiger freundlicher Bemerkungen damit alleine gelassen hatte, bewegte Ariel genießerisch einen Schluck auf der Zunge und nahm schließlich die Bemerkung seiner Kollegin wieder auf: »Valckenburg feiert, und ich feiere mit. Der Austausch von Lösegeld und Schmuck ist wirklich glimpflich abgelaufen. Insofern ein Etappensieg. Aber ...«

»… für uns beide ist es noch nicht das Ende. Das Kuratorium freut sich, Herr Sweelinck freut sich, alle, die auf den Tourismus angewiesen sind, freuen sich, Maik Schulze und ein Unbekannter freuen sich über rasch verdiente anderthalb Millionen – doch wir haben das entscheidende Stück Arbeit noch vor uns. Bis jetzt haben wir weder Schulze noch den Unbekannten vom Obergeschoss des Schlosspavillons.«

»Wenn wir Schulze kriegen, können wir ihn festsetzen. Die Beweise reichen aus.«

»Wieder so eine verkorkste Biografie«, meinte Merle Feierabend. Ariel entging nicht der leise Seufzer, der diese Feststellung begleitete. Er schaute ihr aufmerksam und abwartend ins Gesicht. Sie erwiderte seinen Blick und fuhr fort: »Maik Schulze ist noch in der ehemaligen DDR aufgewachsen. Als die Mauer fiel, war er vierzehn. Ich frage mich, wie sein Leben ohne die Grenzöffnung verlaufen wäre.«

»Wie ist es denn tatsächlich verlaufen?«

»Die Eltern hatten sich schon früh getrennt. Die Mutter, bei der er und seine zwei jüngeren Geschwister lebten, wurde bald nach der Wende arbeitslos und schlug sich mit Aushilfsjobs durch. Maik Schulze hat noch so eben die Schule geschafft, dann erst eine Bäckerlehre abgebrochen und danach die zum Lageristen. Er war beim Bund. Dort werden sie ihn wegen seiner hohen Stimme gehänselt haben, das hat er mit ganz viel Krafttraining ausgeglichen. Es war die letzte Zeit mit einem geregelten Tagesablauf. Was dann folgte, war das Übliche: Kleinkriminalität, ein bisschen Drogen, Bewährungsstrafen und schließlich in Hildesheim die erste Knasterfahrung.«

»Also eine Bilderbuchkarriere. Und was wäre Ihrer Meinung nach anders gelaufen, wenn es die DDR länger gegeben hätte?«

»Er wäre enger geführt worden und hätte viel weniger Optionen gehabt. Mit denen muss man ja erst einmal umgehen können.«

»Damit sind im sogenannten freien Westen viele überfordert«, bestätigte Ariel. »Im Sozialismus waren viele Dinge geklärt und geregelt.«

»Ich stelle mir vor, dass einer wie Maik Schulze in der DDR irgendwie mit durchgezogen worden wäre, solange er sich nicht gegen das System aufgelehnt hätte.«

»Vater nicht greifbar, Mutter überfordert, und Vater Staat wurde gerade abgewickelt.«

»Wenn wenigstens eine kirchliche Bindung da gewesen wäre – aber die haben wahrscheinlich schon seine Großeltern nicht mehr gehabt.«

»Stanislaw Michalski stammt ebenfalls aus dem ehemaligen Ostblock. Die Familie ist vermutlich gut katholisch.«

Merle Feierabend bestätigte sichtlich amüsiert: »Er soll die Beute aus dem Banküberfall in Hildesheim irgendeiner katholischen Kirche in den Opferstock gelegt haben.«

Ariel lachte schallend.

»Das war das Bußgeld. Bestimmt hat er dazu zehn Ave Maria und zehn Vaterunser gebetet!«

Ihr bestelltes Essen wurde aufgetragen. Eine Weile genossen sie es schweigend, und Ariel empfand eine Art von unausgesprochenem Einverständnis. Dann ergriff seine Kollegin wieder das Wort: »Wer hat eigentlich die Echtheit des Schmucks überprüft?«

»Natürlich Peter Brand und meine Mutter, aber sie haben auch Experten von außen hinzugezogen – dieselben, die auch schon die Echtheit des Ringes und jetzt des einen Ohrrings zweifelsfrei bestätigen konnten.«

»Ich hatte für einen Moment einmal die verrückte Idee durchgespielt, dass der ganze Schmuck aus gelungenen Duplikaten besteht, die jemand in Auftrag gegeben hat, um den Tourismus mit einer märchenhaften Geschichte zu beleben, so wie es jetzt ja auch geschieht.«

Ariel erwiderte seelenruhig: »Diese verrückte Idee würde zu meiner Mutter passen. Aber nun ist der echte Schmuck ja da, unter dramatischen Umständen aufgetaucht. Den Ring haben, soweit ich weiß, mindestens vier ganz unabhängige Fachleute untersucht. Der ist wirklich echt. Und den einen Ohrring hatten wir seit Montag ja schon – er ist den gleichen Experten zufolge von derselben Machart und aus derselben Werkstatt. Das prachtvolle Collier steht völlig außer Zweifel. Bei dem Diadem und dem Armband gehen die Meinungen der Fachleute in der Tat auseinander.«

»Dann passt meine Idee nicht. Ich dachte nur: Haben wir es bei der Aufklärung eines Verbrechens nicht in der Regel mit einer Maskerade zu tun? Der Täter spielt uns etwas vor – und wir müssen dahinterkommen?«

»Ja. Den kleinen Ausrutscher finden, den Widerspruch in einer Aussage aufdecken. Den Delinquenten bei seiner Eitelkeit packen. Er legt uns ein Rätsel aus – und eigentlich hofft er, dass wir es lösen.«

»Also noch einmal ganz von vorne. Fragen wir ganz klassisch: Wem nützt das Verbrechen? Maik Schulze und der Unbekannte haben das Lösegeld, gut. Wer außer ihnen profitiert vom Auftauchen des Schmucks?«

»Ganz Valckenburg. Das Museum. Das Kuratorium. Meine Mutter hatten wir schon. Und der Ruhm, den de Vries jetzt genießt, ist doch jede Investition wert.«

Merle Feierabend lachte.

Ariel fuhr fort: »Aber ich greife Ihre Frage einmal auf. Was ist unser Unbekannter für ein Mensch, der mit Maik Schulze zusammenarbeitet, dann höflich mit der Pfarrerin das Geschäft abwickelt, sich mit dem freilich hohen Lösegeld zufriedengibt und der Stadt und dem Museum die tourismusfördernde Publicity gönnt?«

»Einer, der mit den Örtlichkeiten in Valckenburg vertraut ist. Auch Dörte Böhnisch ist ihm möglicherweise keine Unbekannte. Denn warum hat er unter mehreren infrage kommenden Geistlichen gerade sie ausgewählt?«

»Sie ist nach wie vor die einzige Frau unter den Pastoren in unserem Land. Vielleicht spielte das eine Rolle?«

»Nach dem, was Frau Böhnisch erzählen durfte, scheint alles ganz unauffällig und unaufgeregt über die Bühne gegangen zu sein. Unser Unbekannter ist ein echter Gentleman.«

Sie schaute ihn unschuldig an und fragte: »Sie waren es nicht zufällig?«

Ariel stutzte kurz angesichts der völlig unerwarteten Option, die ihm hier zugetraut wurde. Dann meinte er bedauernd: »Der Gedanke hätte mir einfach früher kommen müssen. Wir müssen leider nach einem anderen Gentleman suchen.«

»D'accord, mon chevalier Gelderlo!«

Er deutete eine Verbeugung an. Dann fragte er: »Was haben Sie als Nächstes vor?«

»Ich habe Dallüge bereits darauf angesetzt, das Umfeld von Maik Schulze näher zu erforschen. Ich selbst werde weiter nach Teresa Soares und Stanislaw Michalski suchen und ich will de Vries direkt fragen, ob Michalski gelegentlich bei ihm arbeitet. Was haben Sie vor?«

»Ich werde in der Kirche und am Schloss alles noch einmal gründlich abgehen und mir die Geschichten, die ich schon mehrmals gehört habe, erneut erzählen lassen. In der Zwischenzeit geht Geverdingen jeder Spur nach, die Maik Schulze in Valckenburg hinterlassen haben könnte.«

Dann kam ihm ein Gedanke und er lehnte sich vor: »Ich lade Sie ein, mit mir die Tatorte in Valckenburg einmal gemeinsam abzugehen und den Zeugen Ihre Fragen zu stellen.«

»Das ist wirklich ein ritterliches Angebot!«

Er erwiderte: »Ich denke, so ein Orts- und Perspektivenwechsel wird der Sache dienlich sein. Und wie gesagt: Vier Augen sehen mehr als zwei!«

Sie lächelte: »Und wir kommen in Bewegung.«

»Lassen Sie uns doch zum Beispiel in Valckenburg nach Michalski suchen und nicht nur in Geertshaven.«

»Zum Beispiel um die Kirche herum. Und heute Abend lade ich Sie in *Knuts alte Schiffslaterne* ein.«

Diese Aussicht behagte Ariel sehr. Er war überrascht, wie viel Bewegung sein spontaner Vorschlag bereits in den verfahrenen Fall gebracht hatte. Er faltete seine Serviette zusammen und fühlte frischen Tatendrang.

»Vielen Dank für den großen Schokoladen-Nikolaus und die schöne Kerze!«

Der junge Mann schaute die Pastorin unsicher an.

»Ich wollte mich halt irgendwie bei Ihnen bedanken, dass Sie mir zugehört und mich aufgenommen haben.«

Dörte Böhnisch hatte beschlossen, der süßen Versuchung zu widerstehen, würde aber Nikolaus und Kerze das nächste Mal im Konfirmandenunterricht einsetzen und nach einer kleinen Andacht den Schokoladenheiligen unter den Jugendlichen aufteilen. Es kam selten genug vor, dass sie ihnen etwas zum Naschen mitbrachte. Sie stürzten sich dann immer so darauf, als hätten sie monatelang nichts Süßes bekommen.

»Wenn ich die Kerze anzünde, werde ich an Sie und Ihre Freundin denken und dafür beten, dass alles gut geht.«

»Danke!«

Das Wort kam aus tiefster Seele.

»Und danke für die neue SIM-Karte.«

»Haben Sie inzwischen Ihre Freundin erreicht?«

»Ja. Sie ist in Sicherheit. Ich habe große Sehnsucht nach ihr. Aber wir haben vereinbart, dass sie erst einmal dort bleibt.«

»Und Sie sollten lieber hier im Haus bleiben, solange Maik Schulze frei herumläuft und Sie sucht. Wenn Sie etwas brauchen, dann sagen Sie es mir. Ich kann es Ihnen besorgen.«

Er grinste: »Aber wenn ich den Nikolaus und die Kerze nicht selbst gekauft hätte, wäre es kein Geschenk gewesen.«

»Darüber habe ich mich auch wirklich gefreut! Es war eine richtige Überraschung!«

»Ich hoffe, ich hatte Sie nicht zu sehr erschreckt. Sie hatten ja kein Licht angemacht. Ich hatte gesehen, wie Sie in die Kirche gehen. Und es war Nikolaus-Abend.«

»Und ich hatte meine Stiefel nicht rausgestellt«, lachte sie. »Der Nikolaus gehört ja auch in die Kirche.«

Die Sonne war hinter dichten Wolken verschwunden, aber es blieb trocken. Merle zog fröstelnd ihren Schal fester um den Hals und folgte Gelderlo und Brand in das Gartenhaus des Schlosses. Viel Platz für einen ausgedehnten Park hatte das Valckenburger Grafengeschlecht nie gehabt. Man betrat die dreieckige Gartenanlage durch ein großes schmiedeeisernes Tor, das ebenso wie ein kleinerer Seiteneingang Tag und Nacht offen stand. Ein gepflegter Kiesweg führte unter mächtigen uralten Blutbuchen, an denen nur noch vereinzelte welke Blätter hingen, zu dem achteckigen zweistöckigen Pavillon, welcher der Herrscherfamilie früher für ihre Feste gedient hatte und heute dem Publikum nur bei besonderen Gelegenheiten zugänglich war. Zwei Freitreppen führten außen in den zweiten Stock.

Peter Brand führte sie von der Wasserseite aus in das Erdgeschoss des Pavillons. Hier war von dem Vandalismus des Einbrechers nichts mehr zu sehen oder zu riechen. Merle bewunderte das Parkett, dessen sternförmige Intarsien den ganzen Boden bedeckten; die acht Strahlen des Sterns, vier lange und dazwischen vier kürzere, führten zu den acht Wänden des Raums. Sie schätzte den Raum auf neun mal neun Meter. Gegenüber dem Eingang befand sich ein großer Marmorkamin, von dessen oberem Sims bis zur Decke sich ein goldgerahmter Spiegel erstreckte. Die Wände links und rechts hatten Scheinfenster, die in gemalte Ideallandschaften zeigten. Die vier diagonal angeordneten Wände dazwischen bestanden aus deckenhohen richtigen Fenstern. Ein Stuckfries lief rund um die Decke, deren bemaltes Scheingewölbe die Krönung einer Merle nicht näher vertrauten Göttin zeigte. Von der Mitte der Decke, wiederum durch Stuck vom Gemälde abgesetzt, hing ein prächtiger Kristallleuchter.

»Wenn man sich so was in seinen Garten stellt, dann hat man aber gerade etwas Geld übergehabt«, bemerkte sie. Der Museumsdirektor lachte: »Das Geld hat zum Glück nicht dafür gereicht, das ganze Schloss abzureißen und durch einen weiteren Versailles-Nachbau zu ersetzen. Also hat man die Ideen ein paar Nummern kleiner im Gartenhaus verwirklicht.«

»Was ist im zweiten Stock?«

»Kommen Sie!«

Brand führte die beiden Kriminalbeamten über eine der Freitreppen ins Obergeschoss. Sie betraten einen lichten Raum, der die halbe Grundfläche einnahm. Die Fenster in allen Außenwänden reichten wie im Untergeschoss vom Boden bis zur Decke und blickten auf die Bucht. Die Innenwand bestand nur aus Spiegeln, zwei Spiegeltüren führten in kleinere Räume mit jeweils einem kleinen Kamin.

»Es war ja eine großzügige Geste von meinem Großvater und sicher auch sehr sinnvoll, auf das Schloss zu verzichten«, meinte Gelderlo. »Aber dieses Obergeschoss hätte ich gerne als Refugium geerbt. Vor allem ohne Telefonanschluss!«

»Ich glaube, Ihre Mutter denkt darüber nicht viel anders«, schmunzelte Brand. »Sie liebt diese Räume auch.«

»Und hier hat der große Unbekannte den Schatz gefunden?«, fragte Merle.

»Als wir zum Tatort kamen, lag ein Kästchen dort hinten neben dem Kamin«, erklärte Gelderlo.

»Ich habe den Kamin untersuchen lassen«, berichtete Brand. »Tatsächlich gibt es dort nicht weit über dem Sims eine Vertiefung in der Wand, die für einen Kasten dieser Größe Platz genug bietet. Diese Vertiefung war durch einen losen Stein verdeckt.«

»Der Klassiker«, kommentierte Merle.

»Aber offensichtlich immer wieder wirkungsvoll.«

»Der Unbekannte wäre also gezielt mit der Schatzkarte auf dem Notenblatt hierhergekommen, hätte den Schmuck gefunden und von hier aus das Schloss beobachtet, um auch an den Ring zu gelangen.«

»So müssen wir uns das wahrscheinlich vorstellen.«

»Lassen Sie uns ins Schloss rübergehen!«, schlug Merle vor. »Dann kann ich mir ein Bild vom anderen Tatort machen.«

Eine schmale Brücke führte über den Graben zu einem Seiteneingang des Schlosses.

Ariel Gelderlo erklärte: »Der Wachmann Waldemar Held lag draußen vor dieser Tür. Wir haben dort zwei zertretene Zigarettenkippen gefunden und eine Schachtel derselben Marke in Helds Hosentasche.«

»Also hat er ab und zu eine Zigarettenpause eingelegt«, warf Merle ein.

»Und die wurde ihm zum Verhängnis. Wir vermuten ja, dass Schulze ihn vom Gartenhaus aus beobachtete. Nachdem er ihn zweimal für eine Zigarettenlänge aus der Tür treten sah, passte er die nächste Pause des Wachmanns ab und zog ihm eine über, sobald Held rauskam.«

»Eine unserer Kassiererinnen erinnert sich an einen Besucher, auf den die Beschreibung von Maik Schulze genau passt. Er besuchte am Sonntagmittag das Museum und erkundigte sich gleich an der Kasse nach dem Ring der Gräfin. Das tun nicht wenige Besucher, aber unserer Angestellten blieben die Narbe, die Tattoos und die ungewöhnlich hohe heisere Stimme in Erinnerung.«

»Das heißt: Schulze hat alles genau ausgekundschaftet und ist in der Nacht mit dem passenden Werkzeug wiedergekommen«, fasste Merle zusammen. »Wie viele Wachleute waren denn insgesamt im Dienst?«

»Drei, die sich das Schloss und die Eingänge aufteilten. Der Raum, in dem sich der Ring befand, war im Wachbereich von Herrn Held. Bei der Übergabe der Wachleute fehlte Held. Man suchte nach ihm und fand ihn vor der Seiteneingangstür, die Schulze beim Verlassen des Gebäudes wieder hinter sich geschlossen hatte.«

Ariel Gelderlo bedankte sich beim Museumsdirektor und meinte: »Wie Sie sehen, ist es durchaus lebensverlängernd, nicht in den Seiteneingängen dieses Schlosses zu rauchen!«

Brand lachte kurz auf.

»Nach dieser Geschichte bin ich endgültig kuriert! Ich fasse keine Zigarette mehr an!«

Sie liefen das kurze Stück zur Großen Kirche.

Vor dem alten Gemeindehaus neben der Kirche standen mehrere dunkelhäutige junge Männer und rauchten. Einer sprang plötzlich zur Tür und half einer älteren Dame, ihren Rollator die Treppe hinunterzutragen. Die beiden wechselten ein paar freundliche Worte, dann machte sich die Seniorin langsam auf den Weg. Als sie an den beiden Kriminalpolizisten vorbeikam, blieb sie stehen und sagte strahlend: »Ach, da ist ja auch unser Ariel! Wissen Sie, der Amin, das ist wirklich ein höflicher junger Mann! Auch wenn er noch nicht so gut Deutsch spricht. Aber er gibt sich große Mühe!«

Gelderlo gab ihr mit einer kleinen Verbeugung die Hand.

»Schönen guten Tag, Frau Quadden! Und Sie hatten jetzt Seniorenadventsfeier? Darf ich vorstellen: Merle Feierabend, meine Kollegin aus Geertshaven.«

Die alte Dame ergriff die Hand, die Merle ihr hinstreckte, und sagte mit großen Augen: »So eine hübsche junge Frau in so einem gefährlichen Beruf!«

»Leider weiß man nicht immer vorher, welcher Beruf dann wirklich gefährlich wird«, erwiderte Merle.

Frau Quadden nickte nachdenklich.

»Unseren guten Organisten hat es ja leider auch erwischt! Da glaubt man es ja wirklich gar nicht.«

»Wir hoffen alle, dass er bald wieder zu sich kommt und sich richtig erholt.«

»Ach, ich bete jeden Abend für ihn. Auch für unsere junge Pastorin. Die ist ja so nett! Und sie hat es eben wieder so schön gemacht! Wir sind doch sehr froh mit ihr.«

Dann fiel ihr noch etwas ein: »Ach, und, Ariel, eh ich es vergesse: Sie haben da wirklich einen ganz reizenden jungen Assistenten! So höflich und so gebildet! Wir haben uns sehr gut unterhalten.«

Merle schaute ihren Kollegen von der Seite an. Er hatte sein charmantestes Lächeln aufgesetzt und nickte zustimmend.

»Aber als er bei mir fertig war, ist er zu meinem Nachbarn gegangen. Sie wissen ja, der Egon Uphoff, der hat immer so merkwürdige Theorien. Bei allem, was passiert, sagt er immer: ›Das war der Neger!‹ Nicht, dass er damit jemanden Bestimmtes meinte, etwa unseren Amin. Nein. Früher war es ›der Russe‹ und davor ›der Jude‹. Mit dem Egon ist es nicht einfach. Wie seine arme Frau es nur mit ihm aushält!«

Sie verabschiedeten sich voneinander. Als Frau Quadden außer Hörweite war, fragte Merle schmunzelnd: »Die gute alte Nachbarin aus Kindertagen?«

»Die gute alte Nachbarin aus Kindertagen«, bestätigte Gelderlo. »Sie hat mich schon aufgehoben, als ich beim Dreiradfahren umgefallen bin und mir das Knie aufgeschlagen habe, und hat mir einen Groschen für einen Lutscher geschenkt.«

»Sie war also immer schon so süß, und das hat sich im Alter verstärkt.«

Gelderlo lachte leise als Antwort.

Die beiden Kommissare betraten das Gemeindehaus, in dem ein munteres Treiben herrschte. Sie fanden Dörte Böhnisch in der Küche mit einer resoluten, gut gelaunten Frau, die Kaffee kochte, Plätzchen sortierte und sich mit Waltraud Krause vorstellte. Die Pastorin legte ihr den Arm um die Schulter: »Waltraud ist die gute Seele unseres Flüchtlingscafés!«

Eine Kamera klickte, und Dörte Böhnisch rief vergnügt: »Unsere Presse ist auch schon zur Stelle!«

Eine hochgewachsene Frau von Ende vierzig mit langen blonden Haaren, strahlend blauen Augen und wettergegerbter Haut kam auf Merle zu und streckte ihr selbstbewusst die Hand hin: »Okka Berends. Ich bin der Gemeindebrief. Fotos, Berichte, Layout, Redaktion. Und im wirklichen Leben freie Journalistin und Bloggerin. – Kollegin von Ariel Gelderlo?«

Merle bejahte lachend und ergriff die ihr angebotene Hand. Ehe sie sich's versahen, waren Gelderlo und sie schon abgelichtet, und wie aus dem Nichts tauchten in den Händen der Journalistin ein Block und ein Stift auf.

»Wo ich sie beide schon mal hier habe: Gibt's was Neues im Fall unseres Organisten?«

»Wir ahnen, wer der Täter ist, aber wir haben ihn noch nicht«, antwortete Gelderlo.

»Können Sie mir wenigstens verraten, ob es ein Hiesiger ist?«

»Import aus Brandenburg«, erwiderte Merle. »Mehr wissen wir wirklich selbst noch nicht.«

Okka Berends notierte rasch ein paar Stichworte, nickte ihnen mit einem knappen Lächeln zu und verschwand im Gemeindesaal, wo sie rasch von Somalis, Afghanen und Syrern umringt war.

Die beiden Kriminalbeamten lehnten Kaffee und Plätzchen höflich ab und Gelderlo fragte, ob sie sich noch einmal in der Kirche umsehen dürften.

»Die Kirche ist offen. Noch müsste es auch hell genug sein. Ich versuche, in zehn Minuten da zu sein.«

Merle war erstaunt, wie anders als vor drei Tagen die große Kirche auf sie wirkte, da sie den Raum mit einem

Menschen zusammen durchquerte, dem er von Kindesbeinen an vertraut war. Ihr Kollege nahm sie mit zum Taufbecken, an dem er getauft worden war, und unterhielt sie fröhlich mit Anekdoten aus seinen Kindergottesdiensttagen und der Konfirmandenzeit. Die hohen weißen Gewölbe wirkten im letzten Licht des Wintertages nicht kühl und abweisend, sondern gaben nun schon Generationen von emsig mit dem Ihren beschäftigten Menschen ein himmlisches Dach. Eine Gewalttat hatte den Frieden dieses Ortes gestört. Merle war unbegreiflich, dass ein Mensch so abgestumpft sein konnte, dass ihn die besondere Aura eines derartigen Raumes unberührt ließ. Sie setzte sich auf einen Stuhl in der vordersten Reihe, schaute die Vierung entlang bis zu den hohen schmalen Maßwerkfenstern des Chores, ließ ihren Blick auf dem großen Kreuz ruhen, das über dem Abendmahlstisch hing, und schloss dann die Augen. Sie hörte, wie Ariel Gelderlo ein paar Reihen hinter ihr leise ebenfalls Platz nahm.

Merle wünschte sich, der Täter möge gefasst und van Heeren wieder gesund werden. Tresinha und ihr Freund sollten nicht mehr auf der Flucht sein und Lars wohlbehalten zurückkehren. Dann konnte es Weihnachten werden. Sie sah sich in dieser Kirche inmitten vieler festlich gestimmter Menschen sitzen. Die Gewölbe hallten wider von dankbarem Gesang und Katharinas Orgelspiel.

Pastorin Dörte Böhnisch betrat die Kirche und blieb einen Moment im Querschiff stehen. Überrascht sah sie, dass die beiden Kriminalbeamten nicht gewichtig den Tatort abschritten, wie sie es erwartet hatte, sondern still in Gedanken oder ins Gebet versunken ein paar Stuhlreihen voneinander entfernt saßen. Die Kommissarin hatte die Augen geschlossen.

Dörte Böhnisch betrachtete sie einen Moment. Die ebenmäßigen Züge wirkten selbst mit geschlossenen Augen wach und präsent und ließen jene Souveränität erahnen, welche die Pastorin im Büro der Kommissarin als auffälligstes Merkmal der jüngeren Frau gespürt hatte. Ihr hatte gefallen, wie selbstverständlich und unkompliziert sich Merle Feierabend anderen zuwenden konnte und in jedem erst einmal den Menschen sah. Das galt auch für ihren Umgang mit ihren Kollegen.

Dörte Böhnisch wünschte sich, sie näher kennenzulernen und sich mit ihr auszutauschen. Die Beschäftigung mit Schuld spielte in ihren beiden Berufen eine wichtige Rolle. Sie dachte an den jungen Mann, dem sie derzeit im Pfarrhaus Zuflucht gewährte und der sich mit seinem unausgeglichenen Schuldkonto abquälte, ja geradezu peinigte. Sie hätte ihm gerne geholfen, einen Weg zu finden, um mit einem unbeschwerten Gewissen neu anfangen zu können. Vielleicht sollte er sich der Polizei stellen und reinen Tisch machen? Sie glaubte ihm, dass er mit den Überfällen nichts zu tun hatte. Doch das konnte er nicht beweisen. Würde die Polizei ihm glauben? Das war eher unwahrscheinlich. Und säße er erst einmal in U-Haft, würde er möglicherweise seine Freundin verlieren und müsste einen teuren Anwalt bezahlen – kurz: seine Chance auf einen Neuanfang würde durchkreuzt.

Mit Schuld beschäftigten sich beide: die Polizei und die Kirche. Doch Vergebung spielte bei den staatlichen Behörden keine Rolle. Freilich fragte sich Dörte Böhnisch, ob man in der Kirche nicht oft vorschnell bereit war, zu vergeben – ohne erkennbare Reue oder gar Sühne des Verbrechers. Mit Kollegen hatte die Pastorin über dieses Thema schon hitzige Diskussionen geführt und würde es gerne einmal mit einer Kriminalkommissarin erörtern.

Als sie zu Ariel Gelderlo hinüberschaute, begegneten sich ihre Blicke, und der Kommissar lächelte. Er mochte sie schon einen Moment beobachtet haben. Sie fasste sein Lächeln als verstehend und ermutigend auf und fragte sich unwillkürlich, wie er wohl mit der jüngeren Kollegin zusammenarbeitete. Die beiden wirkten sehr vertraut miteinander und schienen sich gut zu ergänzen.

Merle Feierabend öffnete die Augen und stand auf.

»Ich hatte gerade festgestellt, dass ich eine lange Wunschliste für Weihnachten habe.«

»Dafür sind Sie ja hier am richtigen Ort.«

Die Kommissarin nickte.

Draußen war es bereits dunkel. Dafür strahlte die Adventsbeleuchtung über Straßen und Plätze des Fußgängerbereichs in der Altstadt. Während sie zum Parkplatz gingen und ihre Beobachtungen abglichen, hörte Ariel Gelderlo auf seinem Mobiltelefon den Eingang einer Nachricht. Er holte das Gerät aus der Manteltasche und las: »Hallo Chef. Kommen Sie heute noch vorbei? Haben was Neues. Gruß Geverdingen«

Er schrieb zurück: »Bin auf dem Weg. Bringe Kollegin mit.«

Sein Assistent antwortete mit drei breit grinsenden Smileys.

Als sie in der Dienststelle ankamen, führte sie Geverdingen gleich in Oskar Heidenburgs Labor. Der Spurensicherer hatte mehrere teilweise uralte Notenmanuskripte vor sich ausgebreitet und das zerknüllte und feuchte Papier vorsichtig geglättet und getrocknet.

»Die guten Stücke hätten Sie mal sehen sollen, als sie aus dem Müll gefischt wurden! Was für ein Glück, dass Edgar der Chinese sie auf der Suche nach Pfandflaschen gefunden hat. Der wusste den Fund wenigstens gleich zu würdigen.«

Ariel sah den verständnislos fragenden Blick seiner Kollegin und erklärte lachend: »Der gute Edgar ist so wenig Chinese wie Sie oder ich. In seinen besseren Zeiten hat er den Kontrabass in unserem Radiosymphonieorchester gespielt, daher hat er den Spitznamen.«

»Aha. Drei Chinesen mit dem Kontrabass.«

»Genau. Inzwischen interessiert er sich vornehmlich für Flaschen: bei den einen für den Inhalt und bei den anderen fürs Pfand. Sein Bruder hat bisher erfolgreich verhindert, dass Edgar ganz auf der Straße landet.«

»Aber Noten erkennt er jedenfalls noch, selbst wenn sie so angeschmuddelt sind wie diese hier«, warf Geverdingen ein und Ariel ergänzte: »Und Gott sei Dank hat er auch den Wert dieser Manuskripte begriffen.«

»Sein Bruder hat ihm ein altes Handy überlassen und ihm eingeschärft, immer eins-eins-null zu wählen, wenn er in Schwierigkeiten ist. Dadurch konnten wir die meisten Papiere an Ort und Stelle selbst bergen.«

Ariel dachte bei sich, wie gut es war, dass der in Valckenburg stadtbekannte Edgar von dem diensthabenden

Beamten ernst genommen worden war. Er betrachtete den Fund.

»Alles Orgelstücke, soweit ich erkennen kann«, sagte er. »Wir müssen sie unbedingt in die Hände von Experten geben. Hoffen wir einmal, dass van Heeren Kopien von ihnen gemacht hat.«

»Sie gehen also davon aus, dass dies die Stücke sind, die wir im Konzert gehört haben?«

»Das vermute ich wenigstens. – Was haben Sie denn herausbekommen können?«, wandte er sich an Heidenburg.

»Ein paar Fingerabdrücke konnte ich doch einigermaßen sichtbar machen. Der Abgleich mit der Akte von Maik Schulze war positiv.«

»Jetzt brauchen wir nur noch den Kerl selbst«, brummte Geverdingen.

Heidenburg berichtete weiter: »Ich hab mir natürlich sofort unseren Papierfetzen vom Sonntagabend geholt und ausprobiert, ob er irgendwo dazu passt. Negativ.«

»Das würde bestätigen, dass Schulze dem Organisten den Rest der Noten entreißen konnte und mitgenommen hat«, kommentierte Ariel.

Sie überließen den Spurensicherungsexperten seiner Arbeit und trugen am Whiteboard die neuen Erkenntnisse zusammen.

Ariel resümierte: »Wenn auf den uns noch fehlenden Noten der geheimnisvollen Siciliana der Plan zum Schatz verzeichnet war, dann hat sich van Heeren offenbar gar nicht dafür interessiert. Es ging ihm anscheinend nur um das Orgelstück, das nicht nur seine alte Theorie belegte, dass Vivaldi in Valckenburg war, sondern auch insofern aufsehenerregend wäre, als keine Komposition Vivaldis für ein Tasteninstrument bekannt ist.«

»Also eine doppelte Sensation«, meinte die Geertshavener Kollegin. »Damit wäre van Heeren sicher bald an die Öffentlichkeit gegangen.«

Das Mobiltelefon von Merle Feierabend klingelte. Sie schaute auf das Display und sagte: »Dallüge. Ich stelle es laut.«

»Moin, Chefin! Ich komme gerade von Knut. Jenny war heute den ersten Tag wieder hinterm Tresen, nachdem sie ihre Grippe auskuriert hat. Sie hat das Porträt von Maik Schulze gesehen, noch einmal genau hingeguckt und dann gesagt: ›Die Visage kenne ich! Das Schwein braucht nicht noch mal in meine Nähe zu kommen!‹ Schulze sei vor etwa fünfzehn Jahren kurze Zeit lang regelmäßiger Gast in der *Schiffslaterne* gewesen. Damals hätte er weder Narbe noch Tattoo gehabt, dafür Haare auf dem Kopf, was ihn aber auch nicht angenehmer gemacht habe. Jenny erzählt, er hätte damals ein paar Monate für Sweelinck Lieferwagen gefahren und sei eines Tages Gott sei Dank verschwunden. Er ist damals mit Höfer zusammen aufgetaucht. Die beiden waren hinter jedem Rock her. Schulze war eher der schmierige Grapscher, Höfer hat sich auch schon mal mit Gewalt genommen, was er haben wollte. Jenny sagt, sie könne uns einiges erzählen, wenn wir uns dafür interessieren. Die Mädel hätten sich damals nicht getraut, zur Polizei zu gehen.«

»Sweelinck!«, sagten Ariel Gelderlo und Merle Feierabend wie aus einem Mund, als Dallüge aufgelegt hatte.

»Der Unbekannte?«, fragte Geverdingen.

Die kleine Metallfigur des Anglers in der alten friesischen Standuhr zog zehnmal den Fisch aus den gemalten Wellen, deren mittlere Reihe sich zusammen mit den beiden kleinen Segelbooten im Takt des Uhrpendels bewegte. Als die helle Glocke ihren zehnten Schlag getan hatte, blieb der Fisch oben. Merle lächelte. Sie erinnerte sich gerne an den Tag, an dem Lars und sie diese Uhr in einem ganz unscheinbaren Laden in Nordholland erstanden hatten. Der Besitzer wollte sein Geschäft schließen und sich zur Ruhe setzen und verkaufte alle Antiquitäten zum halben Preis. Lars' Vater gab ihnen etwas dazu, sodass sie sich zum Kauf entschlossen. Merle hatte sich vom ersten Augenblick an in die Uhr verliebt.

In den nächsten Stunden würde Lars zurückkommen und Merle freute sich. Sie hatte einen Topf Reis gekocht, da sie vermutete, dass er außer höchstens einem Sandwich noch nichts hatte essen können. Gemüse und etwas Fleisch hatte sie in der Tiefkühltruhe. Die kurze Nachricht war eingetroffen, als sie mit Gelderlo in der *Schiffslaterne* gesessen hatte. Jenny hatte ihnen gerade zwei Teller der köstlichen Bouillabaisse – eine ihrer Spezialitäten – mit frischem Weißbrot gebracht und ihnen versprochen, sich nachher noch einmal zu ihnen zu setzen. Gelderlo und Merle waren eben dabei, alle ihnen bekannten Puzzleteile ihrer neuen Theorie von Sweelinck als Schulzes unbekanntem Komplizen zuzuordnen. Einerseits fügte sich alles zu einem Bild zusammen – andererseits zeigte dieses Bild einen Sweelinck, der bereit war, über Leichen zu gehen. Demnach hätte er Maik Schulze zu van Heeren geschickt, mit dem Auftrag, den Organisten niederzuschlagen und die alten Noten mit der Schatzkarte an sich zu nehmen. Selbst hätte er dann im Obergeschoss des Gartenhauses den Schatz entdeckt und die Lösegeldforderung und den Ohrring hinterlegt, während Schulze vom Untergeschoss aus den Wachmann beobachtete und auf seine Chance für den Einbruch wartete.

Das Klingeln ihres Mobiltelefons riss sie aus ihren Gedanken. Es war Lars. Als sie nach fünf Minuten wieder auflegte, wusste sie, dass sie den Reis im Laufe der nächsten zwei Tage würde alleine essen müssen. Vielleicht lud sie Frau Strackerjahn zu einem Curry ein. Lars war bereits auf dem Weg nach Abusistan, um die Spur einer höheren Schmiergeldzahlung zu verfolgen. Evelyne de Jong begleitete ihn diesmal nicht. Sie fuhr tatsächlich nach Geertshaven zurück, allerdings in Handschellen, bewacht von Uwe Tide.

ALLEGRO CHIAROSCURO

Der Polizeipräsident hatte zur Besprechung in sein Büro geladen. Roman Zandvoort stand kurz vor der Pensionierung und war ein guter alter Bekannter der Familie Gelderlo. Ariel registrierte erfreut den wie immer perfekten Aufzug seines Vorgesetzten, dessen Londoner Schneider gerade wieder exzellent gearbeitet hatte, wie man sehen konnte. Der dunkelblaue Anzug unterstrich das überlegene Leuchten der grünen Augen unter den dunklen Brauen. Roman Zandvoort besaß die Ausstrahlung eines altgedienten James Bond, der den Karrieresprung von der aktiven Verbrecherjagd in den Sessel vor einem leeren, nur von einem Telefon gekrönten Schreibtisch geschafft hatte und nun andere für sich jagen ließ.

Die anderen, das waren an diesem Morgen außer Ariel sein Assistent Kai Geverdingen, die Geertshavener Kollegen Merle Feierabend und Eike Dallüge sowie Uwe Tide vom Dezernat Wirtschaftskriminalität. Es fehlten Lars van Huizen und Evelyne de Jong – Ersterer inzwischen in Zentralasien, Letztere seit den frühen Morgenstunden hinter schwedischen Gardinen.

Die Nachricht von der Verhaftung der jungen Kriminalbeamtin war wie eine Bombe eingeschlagen und hatte alle erschüttert.

»Sie hat heute Nacht alles gestanden«, berichtete Tide. »Jedenfalls das, was sie selbst betraf. Uns ist immer noch nicht klar, wen sie deckt.«

»Sweelinck?«, fragte Merle Feierabend mit unschuldigem Gesichtsausdruck.

»In der Tat unser Hauptverdächtiger, dem wir aber wahrscheinlich nie etwas werden nachweisen können. Die Spuren führen außerdem in die Regierung. Ministerin Laurentzen kann uns hohe Zahlungen aus Abusistan nicht näher erklären. Und bei Minister Herner laufen gleich eine ganze Menge Fäden zusammen, die hauptsächlich auf den Eden Islands geknüpft wurden. Er wird zurzeit verhört. In diesem Zusammenhang wird auch der Suizid von Grotefends Staatssekretär stehen.«

»Ist Finanzminister Grotefend nicht ein entfernter Cousin von Sweelinck?«, hieb Ariel in die gleiche Kerbe wie seine Kollegin. Zandvoort erwiderte seinen Blick amüsiert und bestätigte: »Dritten Grades.«

Merle Feierabend rutschte heraus: »Sind hier nicht alle miteinander verwandt und verschwägert?«

Ariel grinste: »Laut einer alten Redensart schreit in Valckenburg jemand ›Aua!‹, wenn in Geertshaven einem auf den Fuß getreten wird.«

Zandvoort ergänzte mit einem ebenso süffisanten Lächeln: »Familie kann man sich nicht aussuchen. – Deswegen freuen wir uns über Ihren unvoreingenommenen Blick auf die Valckenburger Vetternwirtschaft!«, fügte er augenzwinkernd hinzu.

»Unsere Hautevolee reißt sich auch schon um meine verehrte Chefin«, stichelte Dallüge. »Kann man ja verstehen.«

»Damit zu unserer anderen großen Ermittlung«, wurde Zandvoort wieder ernst. »Gibt es etwas Neues?«

»Wir suchen immer noch nach dem großen Unbekannten«, berichtete Ariel. »Alles weist auf eine durchaus höhergestellte Persönlichkeit mit exzellenter Ortskenntnis als Auftraggeber hin.«

»Haben Sie einen konkreten Verdacht?«

»Ein Name fiel eben schon einmal«, erwiderte Merle Feierabend. »Aber irgendwie passt es nicht recht.«

»Henk Sweelinck?«, erkundigte sich der Polizeipräsident mit hochgezogenen Augenbrauen und unergründlichem Lächeln.

In diesem Moment verkündeten dicht nacheinander zwei unterschiedliche Klingeltöne den Eingang einer neuen Nachricht. Ariel Gelderlo und Merle Feierabend zogen ihre Mobiltelefone heraus und sagten wie aus einem Mund: »Maik Schulze wurde gefasst!«

»Wo?«

»In Bremerhaven.«

Zandvoort lächelte: »Dann wünsche ich Ihnen beiden eine gute Fahrt nach Bremerhaven! Dallüge und Geverdingen halten hier die Stellung. Geverdingen, setzen Sie sich bitte mit Tide und seinem Team zusammen. Alle Informationen, die Sie in Valckenburg zum Suizid des Staatssekretärs gesammelt haben, könnten jetzt im Zusammenhang mit den Korruptionsfällen interessant werden.«

Ariel und seine Kollegin standen auf. Im Hinausgehen fing Ariel einen sehnsüchtig-neidischen Blick seines Assistenten auf, den er sich ungefähr so übersetzte: »Du Chef, ich armes Schwein!«

Sie nahmen im Fond des Streifenwagens Platz, der schon vorm Eingang auf sie wartete. Die beiden Polizisten Julia und Daniel waren ein eingespieltes Team, es versprach eine angenehme Fahrt zu werden. In der Tat verging die Zeit bei Anekdoten von der Polizeiausbildung zweier Jahrhunderte wie im Fluge. Ariel fühlte sich in der Gesellschaft der beiden jungen Streifenbeamten und der ganz gelösten Merle Feierabend wie in einem Jungbrunnen. Das Mobiltelefon seiner Kollegin empfing häufiger klingelnd eine Nachricht, die Merle Feierabend nebenbei las und fröhlich weitergab. So erfuhr er, dass sie Eike Dallüge gebeten hatte, für den nächsten Tag einen privaten Besuchstermin bei Evelyne de Jong in der JVA auszumachen, dass ihre Freundin Katharina in Heidelberg bereits auf mehr oder weniger gepackten Koffern saß und dass Pastorin Böhnisch sich auf einen wiederbelebten Chor für Heiligabend freute – »Singen Sie auch mit?«, kam die unvermittelte Frage von der Seite, er fragte lachend zurück: »Woher wissen Sie denn, dass ich singen kann?«

»Sollte nicht ein Schiff kommen und Ihren Traum erfüllen?«

»Also gut«, grinste Ariel. »Von Ihnen lasse ich mich gerne in die himmlischen Heerscharen dienstverpflichten.«

»Braucht ihr noch zwei singende Engel in Uniform?«, kam es von vorne, und Julia und Daniel stimmten »God rest ye merry, gentlemen« an. Merle steuerte eine improvisierte Oberstimme bei, und Ariel legte fröhlich ein tiefes »Dum, dum, dumdumdum« im passenden Rhythmus darunter. Als die anderen nach der zweiten Strophe im Text unsicher wurden, erklangen auch in den Oberstimmen nur noch »dü dü dü« und »la la la«, während Daniel den Rhythmus auf seinen Knien schlug. Das hielten sie in dieser Form noch einige Kilometer durch, bis sie lachend abbrachen.

Merle tippte eifrig in ihr Handy und las dabei laut vor: »Habe noch eine Sängerin und zwei Sänger aktiviert!«

»Jetzt gibt's kein Zurück mehr!«, seufzte Ariel und stellte fest, dass er seine Kollegin in Gedanken nur noch »Merle« nannte. In Wirklichkeit würde ihm dieser Wechsel nicht so schnell über die Lippen gehen. Die beiden jungen Streifenpolizisten hatten sich ihm gar nicht erst mit Nachnamen vorgestellt.

Er schaute Merle (ohne »Feierabend«) von der Seite an, deren Telefon zweimal kurz nacheinander »pling« machte.

»Ein Smiley von Dörte«, kommentierte Merle die erste Nachricht. Ariel kannte Dörte Böhnisch seit zehn Jahren, trotzdem war sie für ihn »die Pastorin« oder »Frau Böhnisch«, und ihre Handynummer hatte er auch nicht. Die beiden Frauen kannten sich erst drei Tage und schienen schon sehr vertraut miteinander.

»Das gibt's doch nicht: Tresinha!«, rief Merle aus. Ariel erinnerte sich: »Ach ja, die verschollene Portugiesin.«

»Sie will zurück nach Geertshaven kommen und mit mir sprechen.«

»Das ist ja mal eine Nachricht! Vielleicht bringt uns Teresa Licht ins Dunkel.«

Zwischen seiner Kollegin und der geflohenen Casino-Angestellten gingen einige Nachrichten hin und her. Im Auto war es einen Moment ruhig geworden.

Ariel fiel auf, dass nicht eine der vielen Nachrichten der vergangenen Stunde von oder an Lars van Huizen waren. Selbst de Vries hatte sich kurz gemeldet und gleich eine Antwort bekommen. Dagegen ließ Merle Feierabend das unerwartete Ausbleiben ihres Lebensgefährten offenbar völlig gleichgültig. Keiner der beiden schien sich für das Ergehen des anderen besonders zu interessieren.

»Sie waren an meinem Krankenbett und haben mir etwas vorgesungen, nicht wahr?«, fragte Jakob van Heeren mit immer noch schwacher Stimme. Dörte Böhnisch bestätigte es überrascht und erfreut und drückte seine Hand. Vor einer guten halben Stunde hatte das Krankenhaus sie angerufen und darüber informiert, dass der Organist endlich aufgewacht war. Sie hatte sich sofort auf den Weg nach Geertshaven gemacht. Ihre Aufregung war einem Gefühl unendlicher Erleichterung gewichen, als sie am Bett des Musikers angekommen war und er sogar schwach lächelte. Sie wechselten nur wenige Worte miteinander, dann fielen ihm wieder die Augen zu.

Dörte Böhnisch blieb noch eine Weile am Bett des jetzt friedlich schlafenden Mannes sitzen. Sie wusste, es würde außer ihr und vermutlich Béatrice Gelderlo niemand kommen. Angehörige hatte van Heeren keine, und vernehmungsfähig würde er noch einige Zeit nicht sein.

Leise stand sie auf und verließ das Zimmer. Auf dem Flur traf sie eine Krankenschwester, mit der sie besprach, was sie in den nächsten Tagen für ihren Mitarbeiter tun konnte.

An der Pforte ließ sie sich die Patientenliste geben und stellte fest, dass es keine Neuzugänge aus ihrem Pfarrbezirk gegeben hatte.

Sie setzte sich in die Besucher-Sitzecke und schrieb Merle Feierabend eine Nachricht.

Inzwischen war es später Nachmittag, bald würde es dunkel sein. Merle hatte sich mit Ariel Gelderlo in der Vernehmung abgewechselt. Am Ende war sie es gewesen, der Maik Schulze ein umfangreiches Geständnis abgelegt hatte. Die Angriffe auf Boris Kowaljew, Jakob van Heeren und Waldemar Held sowie den Diebstahl des Rings hatte er zugegeben. Von einem Mittäter und einem Lösegeld wusste er nichts. Den restlichen Schmuck hatte er nie gesehen und in den entwendeten Noten keinen Hinweis darauf gefunden. Mit Malte Höfer hatte er angeblich keinen Kontakt gehabt. In seinem Portemonnaie fanden sich rund 1.700 Euro – der Rest von 2.000 Euro, die er für den Ring bekommen haben wollte. Er schwieg sich über seinen Geschäftskontakt hartnäckig aus und blieb im Übrigen bei seiner Aussage, nur den Ring gestohlen zu haben, egal wie oft Merle und schließlich noch einmal Ariel Gelderlo auch nachfragten.

Schulze erschien ihnen letztlich als glaubwürdig. Sie hatten es also mit zwei voneinander unabhängigen Vorgängen zu tun. Wer war dann der Täter, der den alten Brautschmuck im Obergeschoss des Gartenhauses gefunden hatte? Woher wusste er von dem Versteck? Und vor allem: Gab es einen zweiten Ring, der mit dem restlichen Schmuck zusammen gegen das Lösegeld eingetauscht worden war?

Erschöpft, hungrig und ratlos fanden sich Merle und ihr Kollege in einem engen Fahrstuhl wieder, zum ersten Mal an diesem Tag zu zweit. Sie standen einander schweigend gegenüber. Merle fing einen Blick von Gelderlo auf, den sie ruhig beantwortete, wobei sie sich plötzlich bei dem Wunsch ertappte, die Fahrt möge nicht schon nach zwei Stockwerken zu Ende sein. Der Bann brach erst, als die Türen des Fahrstuhls sich wieder zu schließen begannen. Hastig hielt Gelderlo seine Hand in die Lichtschranke.

Auf der Rückfahrt schien jeder mit seinen Gedanken beschäftigt. Merle schaute die Nachrichten durch, die im Laufe des Tages auf ihrem Mobiltelefon eingegangen waren, und las laut vor: »Van Heeren ist aufgewacht. Es geht ihm den Umständen entsprechend gut.«

Es wurde wieder ruhig, man hörte nur gelegentlich den Polizeifunk im Hintergrund.

Auf dem Parkplatz vor dem Geertshavener Polizeipräsidium wehte ein kalter Wind. Es war kein Ort, um sich lange aufzuhalten. Dass Gelderlo sie beim Abschied in den Arm nahm, überraschte Merle nicht wirklich. Trotz der ungemütlichen Umgebung wurde ihr warm, und sie drückte ihren Kollegen herzlich. Beide hatten es nicht eilig, diesen Moment der Nähe zu beenden.

Das angenehme Gefühl begleitete sie auf ihrer kurzen Rückfahrt und dem Weg bis zu ihrer Haustür. Sie würde es sich jetzt mit einem Becher leckerem Tee eine Weile auf der Couch bequem machen. Dann würde sie bei Frau Strackerjahn klingeln und die alte Dame nach oben holen. Aus dem bereits gekochten Reis und aus allen vorhandenen Vorräten und Resten wollten sie sich gemeinsam etwas Leckeres kochen. Merle hatte ihre Pariser Großmutter nie gekannt und die Heidelberger als Kind verloren. Emilie Strackerjahn war eine ideale Adoptivoma.

Gut gelaunt ging sie in Gedanken auch den nächsten Tag durch. Am Morgen würde sie Evelyne de Jong im Gefängnis besuchen. Sie kannte die jüngere Kollegin nur flüchtig und hatte nicht viel mehr über sie wissen wollen und unwillig das Thema gewechselt, wenn Lars sie erwähnte. Jetzt spürte Merle weder Genugtuung noch Ressentiments. Stattdessen hatte sie ein schlechtes Gewissen wegen ihres gehässigen Ausdrucks »Plinkerpuppe« und fühlte zugleich Mitleid mit Evelyne, die sich ihre kaum begonnene Karriere durch Dummheit und Bestechlichkeit zerstört hatte.

Erst im letzten Moment nahm sie Schritte und eine Bewegung hinter sich wahr. Dann wurde es dunkel vor ihren Augen.

In gehobener Stimmung fuhr Ariel zurück nach Valckenburg. Dort kam ihm eine Idee. Er deckte sich bei *Arnaud* mit Flammkuchen und einem großen frischen Salat ein und fuhr zu seiner Mutter.

Sie schien gar nicht überrascht. Offenbar hatte sie ihn schon erwartet und empfing ihn mit den Worten: »Du willst bestimmt wieder den Ring sehen. Der liegt im Museum.«

»Der echte?«

»Aber Ariel, der ist doch gestohlen. Wenn ich warte, bis ihr mir den wiederbesorgt, kann ich lange warten. Nein, ich habe meine Kopie gestiftet. Du sagst ja selbst, den Unterschied merkt niemand.«

Ariel lachte schallend und beschloss, diesen Teil der Untersuchung für beendet anzusehen. Da seine Mutter natürlich auch schon den Wein vorbereitet hatte, tischte er auf, und sie ließen es sich schmecken.

»Wo du schon mal hier bist, Ariel, kannst du gleich für deinen Assistenten und für deine nette Kollegin die Einladungskarten für meinen Neujahrsempfang im Schloss mitnehmen. Bei dieser Gelegenheit wirst du dann genug Zeit haben, den Schmuck ausgiebig zu betrachten.«

Ariel grinste. Eine Antwort erübrigte sich.

»Ich war übrigens auch schon bei van Heeren. Wir sind doch alle sehr erleichtert. Das Mundwerk ging für einen kurzen Moment schon wieder ganz gut. Er begrüßte mich mit ›Eure großherzogliche Gnaden‹, wie immer. Aber kurz darauf schlief er wieder ein.«

Ariel überließ seiner Mutter die Konversation. Sie hatte wie gewöhnlich viel zu erzählen, und er konnte den Wein und das Essen genießen.

»Dörte erzählte mir vorhin, dass du Heiligabend in der Kirche singen wirst.«

Er erwiderte ihren spöttischen Blick und meinte schmunzelnd: »Meine Interpretation des ›Mädchen aus Piräus‹ hat schon die lokalen Charts der Polizei erobert!«

Sie lachte und wirkte plötzlich um Jahre jünger. Dann hoben sie die Gläser und sangen gemeinsam.

Merle öffnete die Augen und versuchte benommen, sich zu orientieren. Ihr war flau im Magen, sie saß auf einem kalten Steinboden, die Hände an einen Metallpfosten gefesselt. Erleichtert stellte sie fest, dass sie nicht geknebelt war und ihre Beine frei bewegen konnte. Es war dunkel und klamm, sie erkannte nicht viel von ihrer Umgebung.

Erst als sich ihre Augen an die Dunkelheit gewöhnt hatten, erahnte sie einen runden Raum und durch ein kleines Fenster den Nachthimmel. Leises dumpfes Grollen zeigte die Nähe des Meeres an.

Vermutlich der kleine Leuchtturm auf Lütjesand. Im Sommer war sie mit de Vries einmal hier hinausgefahren. Der Turm mit dem angebauten Wärterhaus war das einzige Gebäude auf der kleinen Insel. Das Leuchtfeuer war nicht mehr in Betrieb, das Häuschen diente im Sommer gelegentlich den jungen Freiwilligen der Vogelwarte als Unterkunft und Beobachtungsposten. Bei ihrem Ausflug hatten Merle und de Vries die fröhliche Mariekje mit den vielen lustigen Sommersprossen kennengelernt. Jetzt, im Dezember, war die Insel menschenleer.

Wie war sie hierhergekommen? Merles Erinnerung endete beim Weg von ihrem Auto zum Haus. Sie rief ein paarmal laut »Hallo!«, bekam jedoch nur den Hall des offensichtlich leeren, nicht sehr großen, aber hohen Raumes als Antwort. Vergeblich versuchte Merle, sich aufzurichten. Mit dem Rücken und den Ellbogen ertastete sie Treppenstufen. Sie erinnerte sich an eine rund zehn Meter hohe Metallwendeltreppe, die zum Leuchtfeuer führte, und an eine dem Eingang gegenüberliegende weitere Tür, die den Turm mit dem Wärterhaus verband.

Merle vermutete, dass sie zwischen den untersten Stufen an den Treppenpfosten gefesselt war. Sie probierte, wie weit sie ihre Handgelenke bewegen konnte. Die Fessel schnürte nicht ein, war jedoch zu fest, um sie einfach abzustreifen. Merle ertastete an der nächsten Stufe eine scharfe Metallkante. Ihr gelang es, ihre Fessel ein wenig nach oben zu bewegen und vorsichtig an der Kante zu reiben.

»Moin, Chef! Gut wieder zurück von Ihrem romantischen Ausflug nach Bremerhaven?«

»Hallo, Geverdingen. Haben Sie denn nicht langsam mal Feierabend?«

»Feierabend? Ganz falsches Stichwort, Chef. Rühren Sie nicht in meiner Wunde.«

Ariel konnte sich das verzogene Gesicht seines Assistenten lebhaft vorstellen und wechselte rasch das Thema: »Was ist denn so wichtig, dass Sie mich noch anrufen?«

»Dachte, es würde Sie vielleicht interessieren, dass der gefallene Engel der Geertshavener Polizei wieder auf freien Fuß gekommen ist – gegen eine großzügige Kaution vom lieben Sweelinck. Ich denke, da stinkt etwas ganz mächtig!«

Ariel pfiff leise.

»Ja, das denke ich allerdings auch. Das wird Frau Feierabend interessieren.«

»Wenn Sie's ihr sagen, grüßen Sie bitte von mir.«

»Mach ich.«

Amüsiert fragte sich Ariel, wie viel Ernst hinter Geverdingens Geflaxe steckte. Als er das Gespräch beendet hatte und die Nummer der allseits begehrten Kollegin wählte, versuchte er, sich über seine eigenen Gefühle Rechenschaft abzulegen. Auf der mobilen Nummer meldete sich lediglich die Mailbox. Übers Festnetz konnte er sie ebenfalls nicht erreichen. Er probierte die Handynummer zwei weitere Male. Dann entschied er sich, bei Merle vorbeizufahren.

Er war nervös geworden. So viel zu seinen Gefühlen.

Während der raschen Autofahrt nach Geertshaven sortierte er. Evelyne de Jong war also wieder frei, obwohl man in ihrem Fall die Verdunkelungsgefahr mit Händen greifen konnte – und Merle Feierabend war nicht erreichbar. Hing beides miteinander zusammen?

Er beschleunigte noch einmal. Der alte Volvo schoss über die dunkle Ebene.

Das grelle Licht der Taschenlampe wurde direkt auf sie gerichtet. Geblendet schloss sie die Augen.

»Eh, pass mal auf, Schätzchen: Du brauchst hier gar nicht laut rumzubrüllen. Hier hört dich eh keiner!«

»Schätzchen, dann erklär du mir doch mal, warum du dir so viel Mühe gegeben hast, es mir bequem zu machen.«

»Maul halten! Solche ausländischen Schnüffler können wir jetzt gerade nicht gebrauchen. Du bringst uns unser ganzes Land durcheinander.«

»Das ist aber einfach durcheinanderzubringen! Und du lässt dir jeden Quatsch erzählen.«

»Klappe! Was weißt du schon!«

»Ich hoffe, sie bezahlen dich wenigstens gut. Morgen könnte ja schon eine andere Regierung das Ruder übernommen haben.«

»Das lass mal meine Sorge sein. Und deinen Macker kriegen wir auch noch ran.«

Schritte polterten durch die Tür.

»He, Hein Blöd, hast du hier Wurzeln geschlagen? Du solltest doch bloß gucken, ob die Puppe noch an der Leine ist!«

»Hein Blöd« trug eine Sturmhaube, wie Merle erst jetzt feststellte, als er seine Taschenlampe auf ihre Handgelenke richtete. Sie hielt die Luft an. Ihre Fesseln waren noch fast intakt. Sie hatte gerade erst angefangen, das schmale Seil zu durchtrennen. Er merkte nichts und richtete sich wieder auf, wobei er sie in einen Dunst von Tran, Schweiß und Alkohol hüllte. Sie unterdrückte den Würgereflex und hielt weiterhin die Luft an.

Der Maskierte trat zum Abschied nach ihr – nicht besonders stark, eher, um die Hierarchie zu klären.

»Los, mach jetzt!«, forderte ihn sein Kumpel auf und kündigte Merle an: »Keine Mätzchen! Wir kommen wieder.«

Die schwere Holztür fiel ins Schloss. Nach einer Weile hörte Merle das Tuckern eines sich entfernenden Bootes und setzte ihren Befreiungsversuch fort.

Als Ariel endlich ankam, sah er den kleinen roten Wagen seiner Kollegin auf dem Parkplatz. War sie bei ihrer alten Nachbarin und hatte das Handy in der Wohnung liegen gelassen? Oder war sie mit de Vries unterwegs? Doch dann würde sie ihr Telefon bei sich haben. Warum antwortete sie nicht?

Nach vergeblichem Klingeln bei Merle Feierabend versuchte er es bei Frau Strackerjahn, von der seine Kollegin so warm und lebendig auf der Fahrt nach Bremerhaven erzählt hatte. Es brauchte zwei Versuche, bis ihm geöffnet wurde. Die alte Dame wirkte erleichtert über sein Eintreffen und gestand ihm, selbst in großer Sorge um ihre junge Nachbarin zu sein.

»Wir waren heute Abend verabredet und wollten gemeinsam bei ihr kochen. Aber sie ist nicht gekommen. Vor einer Stunde habe ich einmal bei ihr geklingelt. Ihr Auto steht auf dem Parkplatz. Hoffentlich ist ihr nichts passiert!«

Ariel versuchte, sich seine eigene Unruhe vor Frau Strackerjahn nicht anmerken zu lassen. Er versprach, der Sache nachzugehen und ihr gleich Bescheid zu geben.

Wieder unten angekommen, schaltete er die Taschenlampe seines Mobiltelefons ein und suchte zwischen dem Haus und dem Peugeot nach möglichen Spuren. Der elegante schwarze Lederhandschuh am Wegrand, halb unter dem Gebüsch, schien auf ihn gewartet zu haben.

Merle überprüfte ihre Manteltaschen. Ihr Portemonnaie war an seinem Platz, ihr linker Handschuh ebenfalls. In der rechten Manteltasche fanden sich nur ihre Schlüssel, der andere Handschuh und das Handy fehlten. Das Achselholster war ebenfalls leer, was Merle nicht überraschte. Es war kein beruhigendes Gefühl, ihre Dienstwaffe in den Händen eines rasch in seinem Stolz gekränkten Dummkopfes zu wissen.

Sie rieb sich noch einmal ihre Handgelenke, dann tastete sie sich durch den Raum, fand die verschlossene Eingangstür und daneben einen Lichtschalter. Sie betätigte ihn, doch es blieb dunkel.

Vorsichtig tastete sie sich zu der Verbindungstür ins

Wärterhaus, die gleichfalls verschlossen war. Auf dem Sims unter dem kleinen Fenster fand sie schließlich einen dicken Kerzenstummel und eine Streichholzschachtel. Das Licht der Kerze machte ihr Gefängnis unter den gegebenen Umständen geradezu heimelig. Und es fiel auf ein altmodisches Wandtelefon mit Wählscheibe. Merle hob den Hörer ab. Die Leitung war tot. Erst jetzt entdeckte sie das durchtrennte Kabel. Ihre Entführer hatten wirklich an alles gedacht.

Sie suchte den Raum nach einem geeigneten Gegenstand ab, um eine der Türen öffnen zu können, jedoch vergebens. Ratlos setzte sie sich auf die Treppenstufe, die eben zu ihrer Befreiung gedient hatte.

Angeregt durch den warmen Kerzenschein, fiel ihr wieder das alte englische Weihnachtslied ein, das sie heute Morgen zusammen auf der Fahrt nach Bremerhaven gesungen hatten. Sie murmelte: »Remember, Christ our savior was born on Christmas day, to save us all from Satan's power …« Hoffentlich musste sie nicht bis Heiligabend an diesem unwirtlichen Ort ausharren, um aus der Macht des Satans und seinen nicht sehr hellen Untertanen gerettet zu werden!

Im Vertrauen darauf, dass der Heiland immerhin schon vor 2.000 Jahren geboren worden war, setzte sie ihre Suche nach Möglichkeiten der Befreiung fort.

Die Uhr vom Stadthaus schlug neun, vermittelte aber keine Information über Merles Verbleib. Es begann zu schneien. Ariel unterdrückte einen gar nicht zu seiner sonstigen Contenance passenden Fluch. Er mochte es nicht, keine Handlungsoptionen zu haben. In der Nähe schrie eine Möwe, sie schien ihn auszulachen.

Es war davon auszugehen, dass die Kollegin entführt worden war. Die Frage nach den Tätern war im Moment weniger vorrangig als die nach Merles Verbleib. Land, Wasser, Luft? Abgelegener Bauernhof oder alter Schuppen im Hafen? Er blickte über die Promenade. Das Licht einer Straßenlaterne, in dem Schneeflocken tänzelten, fiel auf eine Treppe, die ins Wasser führte. Ariel wusste um die kleinen Anlegemöglichkeiten, die der neu gestaltete Uferweg in regelmäßigen Abständen bereithielt. Ein kleines Boot konnte dort gewartet haben.

Er schaute zum Haus zurück. Das Reisebüro im Erdgeschoss mit dem hübschen Spielzeugleuchtturm im Schaufenster war das letzte Geschäft an der Straße, abends war hier kaum noch Betrieb. Das Gebäude stand zu beiden Seiten frei, auf der einen Seite befand sich der kleine Parkplatz, im Gebüsch konnte sich jemand im Dunkeln gut versteckt haben. Zur Treppe am Wasser waren es vielleicht achtzig bis hundert Meter. Hatte man Merle bedroht oder bewusstlos geschlagen und dann in ein Auto gezerrt oder in ein Boot gebracht?

Ariel schaltete die Taschenlampe seines Mobiltelefons aus und suchte stattdessen die Nummer von Eike Dallüge.

Mit einem passenden Metallstück ließ sich möglicherweise zumindest die Tür zum Wärterhaus öffnen. Hier unten fand sich nichts dergleichen. Merle stieg mit der Kerze in der Hand die Wendeltreppe hinauf bis zur Plattform unter der Laterne. Die Tür zum äußeren Wandelgang war unverschlossen, Merle stellte die Kerze ab und ging nach draußen, um einmal tief durchzuatmen. Ein eisiger Wind wehte ihr dicke Schneeflocken ins Gesicht. Rasch kehrte sie in den geschützten Innenraum zurück. Dort suchte sie die Plattform ab und stieg die letzten Stufen bis zum Lampengehäuse hoch. Vielleicht gab es hier irgendwo einen Werkzeugkasten oder etwas dergleichen. Doch ihre Suche war vergeblich.

Frierend stieg Merle wieder nach unten, kauerte sich auf die ersten Stufen und überlegte. Aus dem Turm kam sie also nicht heraus. Telefonieren konnte sie nicht. Zudem hatte sie kein Boot, um die Insel zu verlassen. Und das starke Schneetreiben machte eine Überfahrt mehr als waghalsig. Immerhin hielt ihr dieser Umstand vielleicht auch ihre Entführer eine Weile vom Hals.

Eike Dallüge seufzte: »Das ist die klassische Stecknadel im Heuhaufen!«

Ariel brummte nur als Antwort. Sie hatten nach kurzer Beratung entschieden, zunächst nicht den ganzen Polizeiapparat einzuschalten, um Merle nicht unnötig zu gefährden, und bereits vergeblich die einschlägigen Industriebrachen am Hafen nach Spuren abgesucht. Vermutlich war diese Suche sinnlos, und der zeitweise dichter fallende Schnee erschwerte ihre Bemühungen zusätzlich. Nun wollten sie noch einmal gemeinsam die Umgebung des Hauses absuchen, in welchem Merle wohnte, bevor der Schnee endgültig alle Spuren bedecken würde.

Dallüge leuchtete den Parkplatz und den Weg zum Hauseingang gründlich ab, während Ariel, jetzt mit einer starken Taschenlampe ausgestattet, noch einmal die Treppe zur Anlegestelle untersuchte. Auf den Stufen schmolz der frische Schnee rasch. Etwas Kleines blinkte silbern in einer der Ecken, er bückte sich danach. Es war ein winziger Armbandanhänger in Form des Eiffelturms. Er hob ihn auf und ging eilig zu seinem Kollegen zurück.

»Der ist von Merles Armband!«, rief Dallüge aufgeregt, als Ariel ihm seinen Fund präsentierte.

»Gut. Damit wissen wir, dass wir ein Boot brauchen.«

»Das ist das kleinere Problem. Aber wohin fahren wir?«

Gedankenverloren schaute Ariel auf das Schaufenster des Reisebüros. Erst jetzt fiel ihm der bunt gestreifte Spielzeugleuchtturm auf. Auch Geertshaven hatte mehrere Leuchtfeuer und außerdem den alten Leuchtturm draußen auf Lütjesand. Nicht so groß und bunt wie der im Schaufenster, keine wirkliche Touristenattraktion. Zudem seit Jahren nicht mehr im Betrieb. Ein perfektes Versteck. Dallüge war seinem Blick gefolgt. Wie aus einem Mund sagten sie beide: »Lütjesand.«

Das Tuckern eines Bootsmotors kam näher und entfernte sich nach einer ganzen Weile wieder. Dann waren Stimmen zu hören, halb vom Wind und den dicken Wänden verschluckt. Gesprächsfetzen, fröhliches Lachen. Merle löschte die Kerze und zog sich bis fast auf den ersten Treppenabsatz zurück. Sie stutzte, als sie eine Frauenstimme zu unterscheiden glaubte. Eine junge Frau, der ein ebenfalls junger Mann im gleichen unbeschwerten Tonfall antwortete. Ein Schlüssel wurde in die schwere alte Tür gesteckt, der hohe Turmraum hallte von dem Klacken des Schlosses wider. In das Quietschen der Angeln mischte sich das ausgelassene Necken der beiden jungen Leute. Der Strahl einer starken Taschenlampe leuchtete den unteren Bereich aus. Erleichtert erkannte Merle die Freiwillige der Vogelwarte und stieg die Treppe wieder hinab.

»Mensch, Mariekje, da ist jemand!«

Beruhigend sagte Merle: »Keine Angst, Mariekje, ich bin's: Merle Feierabend, die Kommissarin. Wir haben uns im Sommer hier draußen kennengelernt. Jetzt bin ich aber nicht aus freien Stücken hier.«

Sie erklärte dem vor Schreck verstummten Paar kurz, was passiert war, soweit sie es selbst wusste.

»Als ich eben den Bootsmotor hörte, dachte ich zuerst, meine Entführer kommen zurück. Sie haben sich vor einer Stunde verabschiedet.«

»Aber wenn sie jetzt doch kommen?«, fragte Mariekjes Freund, der sich als Lennart vorgestellt hatte. »Wir haben kein Boot dabei. Mein Onkel ist zum Fischen rausgefahren und hat uns hier abgesetzt. Er holt uns erst Sonntagfrüh wieder ab.«

Mariekje entdeckte das durchtrennte Telefonkabel.

»Telefonieren können wir also auch nicht. Und Handyempfang gibt's hier schon normalerweise nur für Notrufe. Bei dem Wetter kannst du das aber ganz vergessen.«

»Morgen Mittag kommen allerdings noch Freunde von uns mit ihrem eigenen Boot. Mariekje hat am Samstag Geburtstag, und wir wollen reinfeiern.«

Merle fasste zusammen: »Bis morgen Mittag sitzen wir hier also fest. Gibt es irgendwas im Haus, das als Waffe taugt?«

»Ich glaube, ein Eispickel ist da, außerdem Schaufeln, ein Brecheisen und so was.«

Mariekje schloss die Verbindungstür zum Wärterhaus auf. Merle und Lennart folgten ihr über knarrende Holzdielen in das spartanisch eingerichtete Gebäude, wo sie eine kleine Metalltür in der Wand öffnete und die Hauptsicherung einschaltete. Merle warnte: »Die Lampen lassen wir lieber aus! Eure Taschenlampe muss reichen.«

»Aber so können wir uns doch wenigstens einen Tee kochen. In der Küche sind auch noch ein paar Kerzen.«

Mariekje setzte Wasser auf, während Merle und Lennart nach Gegenständen suchten, die zur Verteidigung dienen konnten. Sie fanden tatsächlich den versprochenen Eispickel, eine schwere gusseiserne Bratpfanne und einige Messer.

Als sie alle drei mit dampfenden Teebechern in der Hand auf den einfachen Korbsesseln in der Wohnstube Platz genommen hatten, flüsterte Lennart plötzlich: »Ich hör was!«

Sie lauschten angespannt. Das Motorengeräusch eines Außenborders klang noch entfernt, näherte sich jedoch unaufhaltsam.

»Können wir nicht bei Ihnen heiraten, Frau Pastorin?«

Dörte Böhnisch blickte mit mühsam unterdrücktem Lachen auf das verzagte Pärchen in ihrem Wohnzimmer.

»Leider nicht. Ihr seid beide katholisch. Sonst gerne!«

Mit Stanislaw Michalski hatte sie sich in den letzten Tagen schon regelrecht angefreundet. Überglücklich hatte er vor einer Stunde auf dem Busbahnhof seine Freundin

Teresa Soares in die Arme geschlossen. Die beiden hatten auch einander eine Menge zu erzählen, die Pastorin verstand von dem lustigen Sprachmischmasch der jungen Portugiesin nicht alles. Doch allmählich schälten sich die Grundzüge ihrer beider Geschichten heraus.

Begonnen hatte alles am Abend des ersten Advents mit einem Auftrag Stanislaws in der Großen Kirche, über dessen Details er und die Pfarrerin Stillschweigen vereinbart hatten, zumal die Ausführung am plötzlichen Auftauchen Maik Schulzes gescheitert war. Vom Anblick seines ehemaligen Spießgesellen in Panik versetzt, war Stani ohne Nachricht untergetaucht und hatte zudem sein Handy ausgeschaltet. Daher blieben Teresas verzweifelte Versuche, ihn an dem Abend zu erreichen, erfolglos. Als sie dann auch noch erfuhr, dass Schulze nach ihnen beiden suchte, tauchte sie am nächsten Morgen ebenfalls unter und nahm Kontakt mit ihrer ehemaligen Arbeitskollegin Juanita auf, die mit einem Boot von der niederländischen Seite aus in dichtem Nebel zum Valckenburger Ufer fuhr, um Teresa abzuholen. Als diese das Boot erreichte, überraschte sie einen ihr fremden Mann, der Juanita bedrängte und bedrohte. Juanita schrie, und Teresa griff, ohne nachzudenken, nach dem erstbesten Gegenstand und schlug ihn dem Fremden von hinten über den Kopf. Als der Mann schwankte und mit der Schläfe auf eine scharfe Kante fiel, schrie die Spanierin erneut auf. Zum Entsetzen der beiden Frauen blutete der Verletzte und regte sich nicht mehr. Sie warteten in Schockstarre eine gefühlte Ewigkeit, dass er wieder zu sich käme. Dann fasste sich Juanita ein Herz und kontrollierte seinen Puls und Atem. Der Mann war tot. Leise gingen sie in die Kajüte und berieten sich. Schließlich fuhren sie langsam aufs Wasser und hievten den Toten mit vereinten Kräften über Bord.

Die Pastorin beruhigte die von ihrer Erzählung aufgewühlte junge Frau: »Sie haben in Notwehr gehandelt und dadurch ihre Freundin gerettet. Maik Schulze ist übrigens inzwischen hinter Schloss und Riegel.«

Teresa liefen die Tränen übers Gesicht. Stanislaw nahm ihre Hand.

»Aber ich habe doch geklaut das colar und die brincos. Ich bin Mörder und Dieb.«

»Du bist keine Mörderin, und der Schmuck gehörte dem Sweelinck doch gar nicht!«, fiel ihr Freund ihr aufgeregt ins Wort. »Die Schmuckstücke gehören ins Museum, das hatte ich dir doch erzählt.«

Während sie den beiden zuhörte, fragte sich die Pfarrerin im Stillen, wie sie an Teresas Stelle gehandelt hätte. Die junge Portugiesin hatte ihren Chef heimlich dabei beobachtet, wie er das Collier und die Ohrringe der Gräfin ausgiebig betrachtete, bevor er sie in seinen Safe schloss. Sie hatte genug gesehen, um den Schmuck wiederzuerkennen, der in ihrer Lieblingsillustrierten *Meer und Heimat* abgebildet war – und demnach eindeutig nicht Sweelinck gehörte. Von einem Cousin, der inzwischen in Portugal eine längere Haftstrafe absaß, hatte sie als Kind gelernt, einen Safe zu öffnen. Sie war auch deshalb später nach Valckenburg gegangen, um Abstand zu dieser Herkunft zu bekommen. Als sie die Kostbarkeiten in Sweelincks Händen sah, erwachte ihr Gerechtigkeitssinn und sie erinnerte sich an ihre halb vergessenen Fertigkeiten. Sie entwendete die Schmuckstücke und gab sie Stani in der Hoffnung, dass sie so den Weg zu ihren rechtmäßigen Besitzern fänden. Dass Sweelinck sich nie freiwillig von dem Schmuck trennen würde, davon war sie überzeugt.

Um Teresas willen blieb zu hoffen, dass die Polizei sich mit dem nun gefundenen Täter zufriedengab und den noch offenen Details um den Brautschmuck nicht weiter nachging. Auf Maik Schulzes Konto gingen die Überfälle auf den Organisten und den Wachmann sowie der Totschlag seines anderen ehemaligen Kumpans. Somit gab es für die eigentlichen Verbrechen einen passenden Täter – unter der Voraussetzung, dass er geständig war.

Und war die aktuelle Regierungskrise, die alle Nachrichtensendungen und Schlagzeilen dominierte, nicht ungleich brisanter? Die Gesellschaft bahnte wohlhabenden Einzelnen ohne die geringste Gegenleistung den Weg zu märchenhaften Gewinnen – und die gewählten Verantwortungsträger des Staates schützten diese Machenschaften nicht nur, sondern waren obendrein selbst in sie verwickelt. Die kleinen Fische verfolgte man mit erheblichem Aufwand und ließ die großen unbehelligt.

Der Leuchtturm zeichnete sich als schwarze Masse gegen die letzten, leicht schwebenden Schneeflocken ab. Obwohl Ariel seine Unruhe kaum bändigen konnte, beschlossen Dallüge und er, die scheinbar menschenleere kleine Insel zu umrunden. Ein Boot war nirgends zu sehen, doch hinter einem Fenster des an den Turm angebauten Wärterhauses glaubten sie, ein flackerndes Licht wahrgenommen zu haben.

Schließlich legten sie am Landesteg an und huschten geduckt zum Eingang des dunklen Gebäudes. Dort lauschten sie eine Weile konzentriert, dann öffnete Ariel das Schloss mit einem Universalschlüssel. Die Tür quietschte in den Angeln. Sie leuchteten den Raum mit ihren Taschenlampen aus. Am Fuß der Eisentreppe fanden sie ein gerissenes, relativ dünnes Seil.

»Vielleicht war sie damit gefesselt und konnte sich befreien.«

»Aber wo ist sie jetzt?«

Ariel rief laut: »Frau Feierabend?«

Eine dem Eingang gegenüberliegende Tür öffnete sich. Drei Augenpaare blickten in die Lampen der Kommissare.

»Mon chevalier Gelderlo – und mein nicht minder ritterlicher Eike.«

Merle Feierabend legte den jungen Leuten an ihrer Seite die Arme auf die Schultern: »Mariekje und Lennart haben mich schon aus meinem Turmgefängnis befreit.«

Ariel spürte nicht nur Erleichterung, sondern Freude, seine Kollegin wohlbehalten gefunden zu haben. Dallüge nahm Merle in den Arm und drückte sie fest. Er selbst gab diesem Impuls nach kurzem Zögern nicht nach – nicht hier vor einem Kollegen und zwei Fremden. Merles kurzer Blick zeigte, dass sie ihn zu verstehen schien.

»Was ist eigentlich passiert?«, fragte er.

»Das erzähle ich gleich in Ruhe. Vorher müssen wir klären, was als Nächstes zu tun ist. Meine beiden Entführer werden möglicherweise bald zurückkommen. Sollen sie eine leere Insel vorfinden, oder wollen wir sie in die Falle gehen lassen?«

»Natürlich Letzteres«, antwortete Ariel und verkniff sich vorerst alle weiteren Fragen.

»Dann muss das Boot weg«, meinte Dallüge. »Ich schlage vor, ich fahre mit den beiden zurück nach Geertshaven und halte mich mit Verstärkung bereit, und wir bleiben in Funkkontakt.«

»So machen wir es«, erwiderte Merle, und Ariel nickte. Er sah die enttäuschten Gesichter von Mariekje und Lennart. Seine Kollegin rettete die Situation mit den Worten: »Wenn der Spuk vorbei ist, kommt ihr mit euren Freunden wieder her zum Feiern. Und für Mariekjes Geburtstag stifte ich euch was. Gebt mir noch eure Nummern.«

Zehn Minuten später saß Ariel mit seiner Kollegin am Fenster der dunklen Wohnstube, von wo aus man einen guten Blick auf die Bucht und den Anlegesteg hatte, vor sich einen Becher warmen Tee auf dem Tisch, die Taschenlampe daneben und jeder eine Pistole griffbereit im Holster. Sie sahen die Positionslichter von Dallüges Boot sich in Richtung Geertshaven entfernen. Ariel lauschte Merles Bericht. Die Geschichte war dramatisch und die Gefahr noch nicht vorüber, dennoch konnte Ariel bei der Schilderung von »Hein Blöd« ein Schmunzeln nicht unterdrücken.

Nachdem Merle geendet hatte, schwiegen sie eine Weile. Sie konnten einander nur schemenhaft wahrnehmen. Im Schutz der Dunkelheit hatte Ariel plötzlich einen Einfall. Er hob seinen Teebecher mit den Worten: »›Ariel‹ und ›du‹. Ist das okay?«

Sie stieß lachend mit ihm an: »Bien sûr! ›Merle‹ und ›Ariel‹! Hört sich gut an!«

Ariel stellte fest, dass er immer noch wenig von seiner

Kollegin wusste. Das Thema Lars van Huizen sparte er aus. Doch da fiel ihm die Einladung zum Neujahrsempfang seiner Mutter ein, die er immer noch in der Jacke stecken hatte. Er übergab sie Merle mit den Worten: »Meine Mutter gibt jedes Jahr im alten Ballsaal des Schlosses einen großen Empfang, zu dem sie sich ihre Gäste aber genau aussucht. Offenbar platzt sie vor Neugier, dich kennenzulernen.«

»Also gehöre ich nächstes Jahr zu den illustren Gästen. Wer hat sie denn auf den Gedanken gebracht?«

Er spürte ihren prüfenden Blick: »Ich wasche meine Hände in Unschuld!«

»Vielen Dank für die Einladung! Die nehme ich natürlich gerne an – so Gott will und wir lebend hier rauskommen.«

»Dann werde ich mich auf diesen Abend freuen.«

Wieder schwiegen sie eine Weile. Es fühlte sich für ihn gut und richtig an.

»Sag mal, Ariel: Hast du eigentlich Valckenburg jemals verlassen?«

»Vier Jahre London. Das ist jetzt auch schon wieder sechs Jahre her. Die Familie meiner Mutter lebt in England, sie selbst ist dort geboren und aufgewachsen und hat viel Englisch mit mir gesprochen. Die Sprache ist mir von Kind an vertraut. Ich wollte das Land einmal näher kennenlernen. Es hat mir dort gut gefallen. Ich hätte mir durchaus vorstellen können, ganz dort zu bleiben, wäre mein Vater nicht krank geworden. Inzwischen lebt er nicht mehr. Er ist vor zwei Jahren gestorben.«

»Und nun: Valckenburg for ever?«

»I'm sitting on a fence. Und du?«

»Je nage entre deux eaux. Vielleicht sind es sogar drei Wasser, zwischen denen ich hin- und herschwimme: der Neckar, die Seine und jetzt die Nordsee. Aufgewachsen bin ich mit beiden Sprachen, wobei Französisch für mich eher die Sprache des Herzens ist.«

»Deine Mutter ist Französin?«

»Pariserin. Das ist nicht ganz dasselbe.«

»Pardon!«

Sie lachte.

»Schon gut. Mein Vater ist Heidelberger, und das bin ich auch. Kurz nach dem Abi habe ich versucht, in Paris Fuß zu fassen. Meine Mutter hatte gerade wieder eine Stelle als Lehrerin am Gymnasium bekommen und sehr wenig Zeit für mich. Ich hatte wenig Kontakt zu Gleichaltrigen und wusste noch nicht, was ich studieren sollte. Mein Vater ist Anwalt und wünschte sich, dass ich Juristin werde. Aber ich wollte eigentlich immer zur Kripo. Doch nicht in Frankreich. Also bin ich zurück. Es war die richtige Entscheidung.«

»Dann war es ja nicht viel anders als bei mir. Ich habe Jura nach dem ersten Semester geschmissen. Der Kriminaldienst war auch bei mir die richtige Entscheidung. Und nun ist es eben erst einmal Valckenburg.«

»Langsam wird mir das kleine Ländchen auch vertraut. Ich habe eigene Kontakte geknüpft, die nicht mehr über Lars laufen. Aber zwischen uns beiden ist es nicht mehr so wie früher. Wir sehen einander kaum noch. Und er ist hier ein anderer geworden als der, den ich kannte.«

»Bist du traurig darüber?«

Ausweichend antwortete sie: »In letzter Zeit hat sich für

mich viel verändert. Wir sind beide in unterschiedlichen Richtungen unterwegs. Wer weiß, was wird.«

Sie hingen beide wieder ihren Gedanken nach. Ariel dachte an Jane. Sie war der eigentliche Grund dafür gewesen, dass er sich nach England hatte versetzen lassen. Und die Krankheit seines Vaters war nicht der einzige Anlass für seine Rückkehr. Inzwischen war die Wunde verheilt. Er hatte sich hauptsächlich auf den Dienst konzentriert und keine Lust mehr auf Affären gehabt. Wie einst eine gute Freundin bemerkt hatte: »Die Materie ist etwas monoton.«

Merle legte ihre Hand auf seinen Arm: »Es geht los!«

Tanzende Positionslichter näherten sich der Insel. Ariel verständigte Dallüge über Funk. Der erwiderte: »Wir haben das verdächtige Boot auslaufen sehen und uns schon vorsichtig auf den Weg gemacht.«

Merle setzte sich wieder an den Treppenpfosten, die Hände hinterm Rücken verborgen, in der Rechten die Pistole. Ariel postierte sich hinter der angelehnten Tür zum Wächterhaus.

Die Tür öffnete sich geräuschvoll. Im hellen Licht der Laterne, die einer der Eintretenden über Merle hielt, sah Ariel zwei maskierte Gesichter. Die beiden hatten zumindest keine Waffen in der Hand. Ariel trat mit gezogener Pistole hinter der Tür hervor, Merle nutzte den Moment der Überraschung, sprang auf die Füße und richtete die handliche neue Neun-Millimeter-Pistole auf die beiden Ganoven.

»Meine Herren, das Spiel ist aus«, sagte sie zuvorkommend. Die beiden ergaben sich sofort, der eine unterdrückte einen Fluch zwischen zusammengepressten Zähnen.

Seit den frühen Morgenstunden hatte es geschneit und erst kurz vor dem Trauergottesdienst aufgehört. Die leuchtend weiße und weiche Decke dämpfte Schritte, Worte und Gefühle. Das Versprechen des Lichts blieb. Inwieweit es die erschütterten Herzen und Seelen der Familie Held zu wärmen und zu trösten vermochte, konnte die Pastorin nicht ausmachen. Mit stillen Umarmungen und festem Händedruck hatte sie sich von den Trauernden verabschiedet.

Die Dämmerung hatte eingesetzt. Dörte Böhnisch richtete sich im Gehen auf. Wenn auch die Nacht unausweichlich war, so wollte sie die alte Verheißung nicht aus dem Blick verlieren, die Jochen Klepper in seinem berühmten Adventslied in die Worte gefasst hatte: »Die Nacht ist vorgedrungen, der Tag ist nicht mehr fern. So sei nun Lob gesungen dem hellen Morgenstern! Auch wer zur Nacht geweinet, der stimme froh mit ein. Der Morgenstern bescheinet auch deine Angst und Pein.«

Sie hatte das Lied im Trauergottesdienst singen lassen und sagte sich Worte daraus immer wieder in Gedanken vor. Das half ihr, sich nicht von den bodenlosen Gefühlen der anderen mitreißen zu lassen und stattdessen Festigkeit auszustrahlen und Halt weiterzugeben.

POSTLUDIO UN POCO PIÙ SAPIENTE

Béatrice Christine Gelderlo saß am Frisiertisch und ließ ihren Blick auf dem vor ihr liegenden Collier und den Ohrringen ruhen. Die beiden Dubletten waren nicht minder prachtvoll als die Originale, die inzwischen im Schlossmuseum täglich von Tausenden Besuchern bewundert wurden. Dort lagen auch das Diadem und das Armband, deren Echtheit von den meisten Experten zu Recht in Zweifel gezogen wurden. Vergnügt erinnerte die alte Dame sich daran, wie de Vries vor wenigen Monaten Collier und Ohrringe auf dem Spieltisch ausgebreitet und mit galanter Verbeugung gesagt hatte: »Ich freue mich, Euer großherzoglichen Gnaden als rechtmäßiger Besitzerin dieses Geschmeide returnieren zu dürfen!« Wie die jahrhundertelang verschollenen Kostbarkeiten plötzlich aufgetaucht waren, verriet er nicht, doch der Zeitpunkt konnte nicht günstiger sein, denn die Doppelkopfrunde hatte erst vor Kurzem Kopien des gesamten Brautschmucks in Auftrag gegeben. Van Heeren kam die ehrenvolle Aufgabe zu, einen echten Valckenburger Vivaldi zu komponieren und als Überraschungszugabe im Adventskonzert aufzuführen. Er sollte sich dann zum Schein von Stanislaw Michalski überfallen lassen. Ein abgerissenes Fragment eines echten alten Notenautografs und eine Lösegeldforderung waren bereits präpariert.

Nun, manches war dann anders gekommen. Trotzdem eine hübsche Idee, fand Béatrice Gelderlo immer noch. Mit einem Augenzwinkern dankte sie ihrem Schöpfer dafür, dass letztlich doch etwas Gutes dabei herausgekommen war, und bat ihn um Milde am Tag des Gerichts.

Sie konnte der Versuchung nicht widerstehen und legte den edel scheinenden Schmuck an. Wehmütig betrachtete sie ihr Spiegelbild. Die Ähnlichkeit mit ihrer unglücklichen Vorfahrin war immer noch zu erahnen. Gewiss, die jugendliche Schönheit war verblüht. Doch die Gräfin hatte keine Dreiundsiebzig werden dürfen. Béatrice Gelderlo verschloss die falschen Kostbarkeiten in ihrem Schmuckkasten und legte diesen zurück in den Safe. Vielleicht wäre alles anders verlaufen, hätte die großherzogliche Familie den vor Napoleons plündernder Soldateska versteckten Schmuck selbst irgendwann gefunden. So war dies Willem Sweelinck in seiner Zeit als Reichsstatthalter gelungen. Diadem und Armband hatte er vermutlich gewinnbringend versetzt, sich dagegen vom Collier und den Ohrringen nicht trennen können. Sie waren im geheimen Besitz der Familie Sweelinck verblieben – bis vor wenigen Monaten eine junge Portugiesin die historische Gerechtigkeit wiederherstellte.

Mit verschmitzter Genugtuung lächelte Béatrice Gelderlo ihrem Spiegelbild zu, das für diesen kurzen Moment etwas von der spitzbübischen Mittzwanzigerin aufscheinen ließ, als die sie einst nach Valckenburg gekommen war. Sehr mit sich im Reinen machte sie sich auf den Weg zur Kirche.

Dort eröffnete Katharina Liebknecht eine halbe Stunde später an der Orgel den zweiten Heiligabendgottesdienst mit der »Pifa« aus Händels »Messias«. Der wiegende Siciliana-Rhythmus wirkte nach den erschütternden, traurigen und aufregenden Ereignissen der Adventszeit wie sanfter Balsam.

Pastorin Dörte Böhnisch erhob sich während der letzten Töne, trat ans Lesepult und ließ den Blick über die Gemeinde gehen. Den trubeligen Familiengottesdienst mit dem Krippenspiel hatte sie bereits hinter sich. Jetzt begann die Weihnachtsstimmung allmählich, sie richtig auszufüllen. Ihr Blick fiel zuerst auf Jakob van Heeren, der zwischen Béatrice Gelderlo und Frau Quadden in der ersten Reihe saß und sich an diesem ungewohnten Platz durchaus wohlzufühlen schien. Mit seiner jungen Vertreterin verstand er sich überraschenderweise bestens und genoss es, ausschließlich Zeit zum Komponieren zu haben.

Im Seitenschiff saß der beachtliche Chor, den Katharina in kurzer Zeit zu neuer Blüte gebracht hatte. Vor allem dank des Einsatzes von Merle Feierabend und Ariel Gelderlo hatten sich viele Sängerinnen und Sänger gefunden, darunter der halbe Geertshavener Polizeichor. Ganz vorne sah die Pastorin Teresa Soares neben Merle sitzen. Die

Portugiesin hatte eifrig mit Stanislaw Michalski die Texte eingeübt und war erleichtert, dass sich in der Auswahl wenigstens ein lateinisches Stück fand. Ihr polnischer Freund hatte sich als begeisterter Tenor entpuppt, von dem sich sogar Henk Sweelinck mitreißen ließ. Dieser hatte Teresa nach ihrer mehrtägigen unangekündigten Abwesenheit kommentarlos wieder bei sich arbeiten lassen. Doch bald würde für die Schwangere eine andere Stelle gefunden werden müssen. Stanislaw hatte endlich die ersehnte feste Anstellung bei René Maarten de Vries bekommen, der mit Ariel Gelderlo in trauter Einigkeit im Bass sang.

Mitten in der Gemeinde saß die Witwe Held zwischen ihren beiden Kindern und ihrer Mutter. Alle vier waren noch immer dunkel gekleidet, doch Anastasia hatte sich einen farbenfrohen Schal um den Hals geschlungen. Eine Reihe weiter gewahrte Dörte Böhnisch Kai Geverdingen und neben ihm die hübsche Tochter von Okka Berends. Lisa-Marie hatte die blonden Haare, die strahlend blauen Augen und die spontane und direkte Art ihrer Mutter. Gelderlos Assistent und die junge Frau waren bei mehreren Jugendfreizeiten als ehrenamtliche Helfer mitgefahren, der Pastorin aber bisher nicht als Paar aufgefallen. Jetzt saßen sie liebevoll aneinandergeschmiegt. Vielleicht wurde bald eine Trauung angemeldet?

»Das Wort ward Fleisch und wohnte unter uns, und wir sahen seine Herrlichkeit …«

Merle Feierabend suchte nach einem Wort für das Gefühl, das sich in ihr ausbreitete. Glückseligkeit schien ihr passend. Sie dachte an ihre Wunschliste, die sie neulich in dieser Kirche für sich formuliert hatte. Bis auf einen

Wunsch war alles erfüllt worden. Der offen gebliebene Wunsch betraf Lars, der über die Feiertage auf den Eden Islands ermittelte. Merle gönnte ihrem Freund den unvermuteten Karrieresprung von Herzen, war sogar ein wenig stolz auf ihn – stellte jedoch ernüchtert und ein wenig traurig fest, dass sie in Valckenburg einander fremd geworden waren. Sie hatte Lars nun schon seit Wochen nicht gesehen und vermisste ihn nicht. Gemessen an seinen spärlichen Nachrichten schien für ihn das Gleiche zu gelten. Wenn er irgendwann einmal wieder im Lande war, würden sie in Ruhe darüber reden müssen.

Zu einem Treffen mit Evelyne de Jong war es nicht mehr gekommen. Kaum gegen Kaution freigelassen, war die unglückselige Kollegin untergetaucht und seitdem verschwunden. Ein Kontakt zwischen Merle und ihr sollte offenbar unter allen Umständen vermieden werden. Merle verstand das als den einen Grund ihrer Entführung, neben der möglichen Absicht, Lars auf diese Weise zurück ins Land zu locken. Die beiden Entführer hatten nicht verraten, wer ihre Auftraggeber waren, und schienen nicht viel zu wissen. Der entweder naive oder korrupte Haftrichter sah sich heftigen Anschuldigungen ausgesetzt, ein Disziplinarverfahren gegen ihn hatte begonnen. Sweelinck dagegen, charmant unangreifbar wie immer, beteuerte glaubhaft, er habe sich nur Evelynes Mutter, seiner langjährigen und treuen Sekretärin, verpflichtet gefühlt. Für die Chorgemeinschaft war er erstaunlicherweise eine Bereicherung.

Während Katharina das Vorspiel zum ersten Gemeindelied anstimmte, ging Merles Blick zu Ariel, der ebenfalls zu ihr hinüberschaute. Das passierte für Merles Geschmack vielleicht ein wenig zu häufig. Sie wollte das, was sich zwischen ihnen beiden seit einiger Zeit entwickelte, noch nicht zulassen, so schön es sich auch anfühlte.

Ariel Gelderlo genoss den Blick, den Merle ihm erwiderte. Er wusste, dass sie noch etwas Zeit brauchte. Davon hatte er seiner Überzeugung nach genug. Für ihn war die Entscheidung gefallen. Alles Weitere war nicht in seiner Hand. »Fröhlich soll mein Herze springen dieser Zeit, da vor Freud alle Engel singen.« Warum nicht alles in die Hand Gottes legen.

Die polizeiliche Zusammenarbeit mit Merle war jedenfalls so fruchtbar wie angenehm. Einvernehmlich hatten sie entschieden, die Akte um das mysteriöse Auftauchen des Brautschmucks der Gräfin zu schließen, aus Rücksicht auf seine Mutter, den Museumsdirektor und das Kuratorium, van Heeren und die Pastorin, Merles guten Freund und seinen Sangesbruder de Vries sowie nicht zuletzt Teresa Soares und Stanislaw Michalski. Das meiste konnten sie sich inzwischen zusammenreimen, und alles mussten sie nicht wissen.

Auf die Sprünge geholfen hatte ihnen wieder einmal seine liebe Mutter, als sie ihm die alten Gartenstiefel seines Vaters mit den Worten in die Hand gab: »Die kannst du doch vielleicht bei einem deiner Einsätze brauchen. Hier stehen sie nur im Weg.« Das hatten sie freilich in den vergangenen zwei Jahren nicht getan, doch Ariel nahm das Geschenk gerne an. Die Stiefel hatten die Größe fünfundvierzig. Da sein alter Herr kaum im Obergeschoss des großherzoglichen Gartenhauses gespukt haben würde – außerdem hinterließen Gespenster für gewöhnlich keine polizeilich verwertbaren Spuren – und da seine Mutter gewohnt war, andere für sich arbeiten zu lassen, schloss Ariel, dass der Museumsdirektor selbst für die Schuhabdrücke, das Kästchen und den Lösegeldbrief gesorgt hatte. Das Ganze entsprach dem Geist der Doppelkopfrunde seiner Mutter. Der falsche Vivaldi war sicherlich ein echter van Heeren. Der Pastorin, die sich zu dem Schauspiel um das Lösegeld hatte hinreißen lassen, gönnte er ihre Schuldgefühle. Der rote Koffer mit dem Lösegeld war übrigens inzwischen wundersamerweise wieder aufgetaucht. De Vries hatte das Geld dem Museum zur Verfügung gestellt und großzügig gemeint: »Gespendet ist gespendet.« Das Geld war gut angelegt in der Präsentation und Sicherung des Schmucks sowie dessen tourismusfördernder Vermarktung und medialen Aufbereitung. Wo der Schmuck in den vergangenen zweihundert Jahren verborgen gelegen hatte, blieb Ariel und Merle ein Rätsel, dem sie nicht weiter nachgehen würden. Es gab Wichtigeres, und Valckenburg sollte sich vorbehaltlos an der wunderbaren Geschichte freuen. Sie ahnten, dass Henk Sweelinck vielleicht nicht der gesuchte große Unbekannte war, doch mit der Sache irgendwie in Zusammenhang stand. Das hinreißend charmante Schurkengesicht des Casino-Geschäftsführers erlaubte es, von weiteren Nachforschungen abzusehen. Im Übrigen hatte er eine schöne Gesangsstimme.

Mit geschlossenen Augen verfolgte René Maarten de Vries das Sündenbekenntnis. Im Grunde war er sich keiner Schuld bewusst, auch wenn sein Konto beim Allerhöchsten zugegebenermaßen recht überzogen war.

Katharina Liebknecht kam durch die Kirche nach vorne. Der Chor stellte sich auf.

»Brich an, du schönes Morgenlicht, und lass den Himmel tagen! Du Hirtenvolk, erschrecke nicht, weil dir die Engel sagen, dass dieses schwache Knäbelein soll unser Trost und Freude sein, dazu den Satan zwingen und letztlich Frieden bringen.«

De Vries zwinkerte Dörte Böhnisch im Sopran zu und schenkte ihr sein umwerfendes Lächeln.

Übersetzung der fremdsprachlichen Kapitelüberschriften und Zitate

Adagio comunicativo: Behaglich, gesprächig

Allegretto con tensione: Etwas bewegt, mit Spannung

**»Desculpa! Estou muito preocupada!
Meu amigo ...«:** »Entschuldigen Sie! Ich bin sehr besorgt! Mein Freund ...«

Allegro chiaroscuro: Rasch, hell-dunkel

Andante in modo fatale: Gehend, schicksalsartig

»Bien sûr!«: »Aber sicher!«

»... for ever?«: »... für immer?«

»God rest ye merry, gentlemen ... Remember, Christ our savior was born on Christmas day, to save us all from Satan's power ...«: »Gott erhalte euch fröhlich, liebe Leute ... Denkt dran, Christus unser Retter wurde Weihnachten geboren, um uns alle vor der Macht des Satans zu retten ...«

»I don't want clever conversation, I don't want to work that hard, I just want some someone that I can talk to. I want

you just the way you are.«: »Ich will kein kluges Gerede, so viel Mühe möchte ich mir nicht machen, ich möchte nur irgendjemanden, mit dem ich reden kann. Ich möchte dich einfach so, wie du bist.«

»I'm sitting on a fence.«: So viel wie: »Ich stehe am Rande und warte, dass etwas passiert.« (Wörtlich: »Ich sitze auf einem Zaun.«)

»Je nage entre deux eaux.«: So viel wie: »Ich sitze zwischen zwei Stühlen.« (Wörtlich: »Ich schwimme zwischen zwei Wassern.«)

Lento letale: Langsam, tödlich

»Mon chevalier en armure brillante.«: »Mein Ritter in glänzender Rüstung.«

Nebbioso ma non troppo: Neblig, aber nicht zu sehr

Postludio un poco più sapiente: Ein etwas weiseres Nachspiel

Preludio ancora innocente: Noch unschuldiges Vorspiel

Scherzo spirituoso: Geistvoller Scherz

Spiante con brio: Mit Schwung spionierend

»You never know.«: »Man kann nie wissen.«

Danksagung

Wir danken: Wilgard Hartung und Georg Karst für die erste kritische Lektüre und für hilfreiche Hinweise; Ruth Atkinson von der Neukirchener Verlagsgesellschaft für den Vertrauensvorschuss dem noch unfertigen Romanmanuskript gegenüber, der uns half, das Buch zu vollenden; und Laura Hirschberg für das Lektorat.

Die von uns eigentlich geschätzte Bevölkerung des Nordseeraums bitten wir um Nachsicht für die mutwillige Veränderung der Landkarte. Wir hoffen, dass die eine oder andere Passage sich dennoch tourismusfördernd auswirken möge. Und im Übrigen ist Valckenburg eigentlich überall.

Kirchberg, im Februar 2018
Mariana Richter & Hans Christian Brook

Bibliografische Information der Deutschen Nationalbibliothek:
Die Deutsche Nationalbibliothek verzeichnet diese Publikation in der Deutschen Nationalbibliografie; detaillierte bibliografische Daten sind im Internet über http://dnb.d-nb.de abrufbar.

Umschlaggestaltung: Grafikbüro Sonnhüter, www.sonnhueter.com, unter Verwendung des Bildes papyrus: Evannovostro (shutterstock.com), das verwendete Notenblatt stammt von © OMI – Old Manuscripts & Incunabula (www.omifacsimiles.com), Johann Sebastian Bach, Sechs Sonaten für Orgel (BWV 525-530). Faksimile nach dem Autograph der Deutschen Staatsbibliothek Berlin mit einem Vorwort von Wolfgang Goldhan [Mus. ms. autogr. J.S. Bach P 271].
Lektorat: Laura Hirschberg
DTP: Magdalene Krumbeck, Wuppertal
Verwendete Schriften: Adobe Caslon Pro
Gesamtherstellung: cpi books, Ebner & Spiegel, Ulm
Printed in Germany
ISBN 978-3-7615-6520-9 (Print)
ISBN 978-3-7615-6521-6 (E-Book)
ISBN 978-3-7615-6579-7 (Hörbuch)

www.neukirchener-verlage.de